# 黙って喋って

ヒコロヒー

朝日新聞出版

黙って喋って　目次

装幀　大島依提亜
装画　竹浪音羽
本文デザイン　勝部浩代

# 黙って喋って

「ばかだねえ」

「ごめん、綾香《あやか》。ごめん。俺が最低だったと思う」

彼の声と、その表情を、これまで何度、そしてこれから何度、浴びていくことになるのだろうかと、彼の後ろに乱雑に貼られている、たこわさ、とか、唐揚げ、などの文字が筆で書かれている札状の紙を見つめながらぼんやりと考えていた。

居酒屋の一隅で重たくぬかるんだ空気が私と理玖《りく》の間を漂い、鼻から息を吸えば肺にまでそのぬかるみがへばりつくようで呼吸をするのも億劫《おっくう》になった。

テーブルの上に置かれたボイルドサラダはひとつひとつの野菜がさっきよりも彩度が下がって味気なく見える。真っ赤だったはずのトマトはダークブラウンになり、鮮やかな緑色のレタスは黒っぽくなる。そうして色彩を失っていく料理を眺めることは、いつものことだった。次に意識を向けた時にはきっとこの取り皿が歪《ゆが》んでいる。そうしてまたしばらくすれば、周囲の客の話し声は次第に蟬《せみ》の鳴き声に少し似て聞こえてくる。これはいつものことで、全て、既に、知っていることだった。

「わかった」

「ごめん、本当。ごめん」

眉間に皺《しわ》を寄せ、目を細めながら、奥歯が痛いみたいにしてそう言う理玖の表情もいつものことで、小さく頷《うなず》いた私もまた、嫌になるほど、また、いつものことだった。

「もういいよ。反省してるなら」

「本当？　本当にごめん。もう傷つけたり悲しませたりしないから。本当に、綾香のこと大事にするから」

理玖は意を決したように、まるで何か覚悟でも決めたかのようにそう言って、私は今日もまた、米印みたいだなあと思う。ＣＤに付いていた歌詞カードのサビの部分は上に米印が小さく打たれていて、後半になると「米印、繰り返し」と略されている。理玖はこういう時に、いつもその言葉を初めて発するみたいな姿勢で何かを言うけど、その大半はただの米印で、あの時やあの時と同じことを言うだけの米印部分を、懇切丁寧になぞって言ってくることさえもやっぱり、いつものことだった。

「じゃあさ、まさやさんに電話していい？　俺もすげえ相談してたから」

そう言って理玖はスマートフォンを取り出して私の了承もなく「まさやさん」に電話

をかけ、もう一回チャンスもらいましたと笑い、ほら綾香、と、スマホを私に向ける。「まさやさん」によかったねと言われ、私はありがとうございますと言えば、自分の体がするすると縮んでいき、そのまま米印の右下の点にでもなってしまうみたいだった。

＊

「え？　結局またより戻したの？　なんで？」

運ばれてきたハンバーガーが予想より遥かに大きく、どう手をつけようかと前かがみになりまじまじとパティやレタスの様子を見ていた奈津子が、ふっと顔をこちらに向けてそう言った。原宿のカフェの屋上にあるテラス席は、秋も過ぎるころだというのに日差しが直接に当たってきて、ニットではなくて半袖で来るべきだったと私は小さく後悔していた。

「いやあ、謝られたから許すしかないのかなって」

「あんたいつもそうじゃん。なんか理玖くんずっと同じことの繰り返ししてない？　いつも似たようなことやらかしてんじゃん」

「うん。そうなんだけど。繰り返してるのは私も一緒なんだよ」

「何をあんたは繰り返してんの？」

「許してる」

「ばかだねえ」

そう言って奈津子は笑って黄色い紙に雑に包まれたハンバーガーを両手でわしづかみにし、手を口元に近づけていくのではなく、テーブルに置いたままの手元に向かって顔を持っていってから慎重に一口目を頬張った。

「おいしい？」

「でかすぎ。こんな大きさじゃ味わわせる気ないわ、これ」

「味わうってよりも、食べるってことが目標になりそうなサイズじゃんね」

「で？　どうすんの？」

「いや、まあ、よりは戻したんだけど。だからまあ、付き合ってくんだけど」

「ていうか理玖くんの何がいいわけ？　女とか嘘とかバカとか色々ずっと最悪じゃん。話聞いてると本当に散々だよ綾香。マジでただのバカな自己中野郎じゃん」

「うーん、そうだね。でもやっぱ優しいんだよね」

「ばかだねえ」

そしてまた二口目を頬張りにテーブルへと顔を近づける奈津子を見ながら、ばかだよねえ、と、呟《つぶや》くしかなかった。

「恋人なんだから優しいのは当たり前だし、あんたのこと好きな男なら全員優しいから。小松さんだって雄介だってあんたのこと好きなんだからめっちゃ優しいじゃん。てか雄介じゃだめなの？　あいつあんたのことめっちゃ好きじゃん」

「うーん、雄介は優しいよね」

「ほら。あいつもバカだけど理玖くんよりはいい奴だと思うよ。別にかっこいいじゃん、雄介。あんたが理玖くんと付き合い長いのは分かるけどさ、マジでもっと他にいるって。綾香ここ最近ずっと悩まされてんじゃん」

「そうだね」

「理玖くんの『大事にする』って口だけじゃん？　あんた洗脳されてない？」

「でも大事にしてくれてた時も」

「もう、大事にされてないじゃんそんなの。あんたはあんたを大事にする理玖くんのこと言ってるのかもしれないけど、もうその理玖くんって結構前からこの世のどこにもいないと思うけど」

奈津子は缶のまま出されたコーラのプルトップを指ではじくようにして開け、いや缶のまま出すってアメリカを見習いすぎだよね、と言った。

*

《ごめん、今日疲れてしまって。またゆっくり会おう》

私が会いたいわけじゃないのに、と、思わず口からこぼれてしまった。私だって時間がある時は映画館へ行ったり友達と食事に出かけたいけど、この脆弱《ぜいじゃく》な関係性を維持するために理玖と会う時間も必要だと理解している。だから、退勤してから理玖との待ち合わせ時間まで、待ち合わせ場所の近くにある大通りに面するカフェのカウンター席で、大きなガラスの壁から通りを眺めながら時間を潰して、トイレで化粧もそれなりに直して、そろそろ理玖のほうも退勤時間かなと思っていた頃に、唐突に入った連絡だった。

あの居酒屋で私に頭を下げていた理玖、まさやさんに電話して嬉しそうにしていた理玖、あれから一ヶ月も経っていないのに、どうしてこんなにもまた自分勝手にないがしろにされるのだろう、そしてどうして私はあの時の理玖を許したのだろうかと自問し、怒りとも悲しみともいえない、ひたすらに憂鬱な時間がやってくるのもまた、いつものことだった。

《わかった。ゆっくり休んでね》

怒ることも悲しむことも面倒になり、彼を理解しようとすることにも疲れ、自分を理解してもらおうとすることも諦め、理玖に対して自分のなかでまたひとつ何かがぱきりと欠けていく。欠け続けているこれは、あと何回でなくなってしまうのだろうか。そしてこれほどに欠けていればきっともう、得体の知れない「これ」の修復は不可能だということにも、私は気がついている気がする。

《ごめんね。本当に。ありがとう。おやすみ！》

ぱつん、という音が、はっきりとおでこのあたりで鳴った。これは初めてのことで、知らないことで、米印ではなかった。そこから決壊したようにして、一気に感情が湧き上がり、そしてそれらは私の足元へとすうっと流れていき、体温は持っていかれ、全身がさあっと冷たくなるのをしっかりと感じた。

理玖は優しかった。好みではないタイプだったけど好きだと言われてから、どんどん惹かれていった。決して私が嫌な思いをするようなことはしなかったし、してしまったら一生懸命に謝ってくれていた。家に来る時に私の好きなパン屋に寄ってジャムパンを買ってきてくれるところも、誕生日には慣れないサプライズを恥ずかしげにしてくれたところも、私の転職先が決まった時にお祝いだと言って薄い紫色のシフォンのワンピースを買ってくれたところも、すごく嬉しかったし、好きだった。でもそれは、もう随分前の理玖のことだった。

嘘もつかず、信用できるところが好きだったけど、今はもう何度も嘘をつかれ、そのつど色々なことをごまかされ、何も信用できなくなってしまっていた。もう一度頑張るからと言って、もう一度頑張られたことなど、結果的に一度もなかった。そうして同じことを何度も繰り返され、ようやく気づいた。私はもうずっと長い間、彼に大事になどされていなかった。そして、どうやら、今もなお。

浮気され、嘘をつかれ、お金を貸して欲しいと頼まれ、都合が悪くなれば音信不通になり、責めれば不機嫌になり、話し合いは避けられ、自分が寂しくなれば連絡をしてきて私に謝る。疲弊した私がいくら我慢し、許し、あらゆることをごまかしながらやってきても、何の意味もなかった。理玖を許し続けていたのは、もう一度ちゃんと大事にしてほしかったからで、それは紛れもなく、理玖のことが好きだったからで、もしかすると今度こそはちゃんとしてくれるのではないかと、あの時のようにまた幸せな日々を送れるのではないかと期待して、躓《つまず》いて、嫌気がさし、謝られ、また期待して、そうしてただ、私たちには、米印の数が増えていっただけだった。この人はきっともう、何があっても絶対に無理なのだろうということに、あの聞いたことのない、ぱつん、という音は、魔法を、あるいは、呪いを解くためだったみたいに、あの瞬間にするすると色んなことに気がついてしまった。
理玖と別れることは、いくら考えてみても、寂しいことのはずだった。この二年間、いくらでも別れる機会はあったけれど、それをしてこなかったのは、彼と離れたくなくて、彼が他の女性とこの先付き合っていくことを想像したら身体ごと引きちぎられそうな感覚に陥っていたからだった。しかし、別れることが寂しいと思いこんでいた、私が愛《いと》しいと思いこんでいたあの理玖は、本当にもうこの世のどこにもいなくなっていたらしい。誰かとの別れはいつも寂しい。ただ、それが寂しいだけで、理玖と別れることが寂しいわけなど、理玖と一緒にいる未来が立ち消えることが虚しいわけなど、もう、どこにも、ぱつんと、なかった。
《自分が私にしてきたこと、冷静になって考えてみてほしい。何度も何度も我慢して、許してきたけど、理玖は何も理解もせず、変わろうとしなかったね。こんな思いさせられない人と幸せになります。もう二度と連絡してこないでください》
それからすぐに奈津子にことの顚末《てんまつ》の連絡をいれ、しばらくすると画面は理玖からの着信画面になったけれど、もう何も心が震えることがなくただ着信画面を眺めていた。そしてこれも、いつものことでは、なかった。いつもなら、何かを期待して、体の奥の方が震え、応答してしまっていたけれど、何度も切れては画面にあらわれる理玖からの着信画面に、もう何も思うことはなかった。そして、それからすぐに、奈津子からメッセージが入った。

《えらいじゃん！　長かったね。あんたはよく頑張ったよ。お疲れ様！》

《ありがと。長い間ごめんね。私なんかおかしかったんだと思う。今さら急に気づいた》

《ばかだねえ！》

奈津子からのメッセージを見て思わず笑ってしまった。笑えて、しまった。大丈夫。寂しくない。理玖は別れて寂しく思える人では、もうとっくになくなっていたことを、きちんと受け入れなければならないのは私のほうだった。かつて大事にしてくれたというその記憶に執着し、一度でも裏切られたことを、うやむやにするために許すという行為で逃げていたのは私だった。むやみに不必要な米印を増やしていくだけになることを、理解していながらも、違う決断ができなかったのは、彼に対する愛情でも優しさでもなく、私自身のひ弱さでしかなかった、こんなに傷つき疲弊してしまう前に、逃げなければならなかった。ならなかったのだ。

理玖に大事にされた日々の記憶が、これからの私を苦しめるためだけに存在するのならば、そんなものは葬ってやらねばならない。私は、理玖ではなく、もっと私のことを大事にしてくれる誰かにこれから出会わなければならないのだと、はっきりと、強く、思った。顔をあげれば、ガラスの向こうには多くの人たちが通りを歩いて過ぎ去って行く。ふと、唐突に、ここは東京なんだから、と、ぬかるみなくさらりと思えて、明日は六本木に映画でも観に行こうと考えてみれば、胸のあたりが、ぐぐっと跳ねた。こんな気持ちになることは、なにかとても久しぶりのことかもしれないなあと、ガラスに反射した自分の顔を見つめると、それもまた、久しぶりに見る女の顔である気がした。

「あと十分だけ」

異常に元気と愛想のいい店員から、レシートとお釣りをテンポよく受け取る向かいの彼を眺めながら、あと十分だけ一緒にいよう、と、そう言いたくてたまらないのに、そんな言葉がなめらかに口から出ていくわけもなく、いつも通りに喉元の少し下のあたりで文字列を崩して絡まりこんで、つっかえてしまっている。

「楽しかった、飲んだねえ」

そう言っていつもと変わらないこの居酒屋で満足げに笑う遼平《りょうへい》に、咄嗟《とっさ》に「飲んだね、あのたこぶつ、ちょっと本当に美味《おい》しかったね」と、かろやかに返事をする。

他愛ない言葉だけは質量軽くぽんぽん口から出ていってくれるのに、どうして言ったことのない言葉というのはこんなにも泥水を含んだように重たいのだろうか、お腹のあたりに力を入れれば勢いよく弾みをつけて口から出ていってくれるのか、何を味方につけて何を諦めれば出ていってくれるのか、この言葉はどうせ私の口から出られることもないくせに、こうしていつも帰り際にざわざわと蠢《うごめ》き出してしまうから厄介なのだ。

「次は白レバーだな」

にっと笑って立ち上がった遼平は背後の壁にかけてあったハンガーからコートを取り外して素早く腕を通した。目の前のテーブルの上には三時間程前に注文して食べきれなかった刺身の造り皿の上に、しなびたツマとひらめが二切れ残っていて、いっそ今からこれを食べ始めたらどうだろうかとくだらないそろばんを弾《はじ》いてみる。

「外、寒いだろうなあ」

そう言って店外のほうを見つめる遼平を見て、私は諦めるようにして立ち上がり、自分のコートを彼の背後の壁から取ってもらった。本当は今年、もっといいコートを買ったのに、どうでもいいような服を着ている時に限って遼平に誘われるのはどうしてなのか、日々の自分の徳の積み方が甘いのか、面倒でペットボトルのキャップを外さないまま捨ててしまうことから改めようと、ぼんやりと誓いを立てていた。

「茜《あかね》の終電て四十分だっけ?」

座ったまままさっき羽織ったばかりのチェスターコートのポケットに両手を突っ込んだ遼平が、既にやや寒そうにしながら尋ねてきた。

「うん、でもこっからなら吉祥寺《きちじょうじ》で降りても帰れるからもうちょいある」

「今日はラーメンでシメなくていいの？」

「いやあれは、朝まで飲んでたらラーメン食べたくなった日もあっただけで、毎回なわけじゃないじゃん」

「いや、続いた時期あったって」

「うそだよ」

「ほら、野方《のがた》で飲んだ時とか。覚えてない？」

「あれはさあ。でも今日はお魚で満たされてるから大丈夫」

ならよし、と遼平は笑って、それを合図のようにして私もハンドバッグを持って席を立ち、二人で並んで店を後にした。

*

いつものことで、いつもの流れで、いつまでも喉元であの言葉はつっかえたまま、駅までの道を彼と、つっかえ続ける言葉と、一緒に歩いて、そして一人で電車に乗った途端に、それはふわっと溶けるようにしてお腹のあたりへ流れ落ちていくだけだ。

高校の同窓会で遼平と再会した三年前、私たちは互いに恋人がいて、でも自分たちは純然たる友人同士である、ということを一つの特権みたいにして、男女の友情などという台詞《せりふ》をはつらつと繰り返し、互いに恋人がいる時期でもいない時期でも二人きりで会うことに罪悪感を持つわけもなく、ただ自然と食事に誘い合ったりする関係性になっていた。

そうして私は愚かなことに、この一年くらいで、きっと自分が遼平のことを男性として好きなのだろうという面倒な事実に気付いてしまい、そして気付いた時にはもう、純然たる友人同士、というこの特権は固くこびりつき、今さら簡単には剝がれ落ちないものになってしまっていた。横で歩きながら、やっぱ寒いなあ、と大げさに目をぎゅっとつぶる遼平の表情のせいで、また喉元がざわっと動き出しそうになって、慌てて鎮めるように小さく息を吸った。

今、少し腕を伸ばして遼平のコートを引っ張ったら、立ち止まって思わせぶりに黙ってみたら、触ってみたら、帰りたくないと言ってみたら、そんな風に考えては、頭の隅の方から輪郭のはっきりした波が勢いよく押し寄せてきて、砂で描いた私のくだらない想像を綺麗さっぱりと消し去っていく。

「あ、めっちゃきれい」

店を出てしばらく歩いていると、そう呟《つぶや》いた遼平が見つめる先には、立ち並ぶ街路樹に施された簡単なイルミネーションが光っていた。

「ほんとだ」

「俺、今年こんな近くで見るの初めてかも。ちょっと寄って行こうよ」

「電車大丈夫?」

「余裕」

そう言って遼平はずんずんとひとりでイルミネーション、イルミネーションと呼ぶにはやや安っぽいような気もするそのエリアの方へと向かい出し、私はその後ろ姿を見ながら、どういうつもりなんだよ、と、悪態をつきたくなる自分を抑えて、ただついて行くしかなかった。真ん中の道を挟んで両脇にずらりと立ち並ぶ街路樹には細かな電球が少々雑にちりばめられていて、それを見上げる遼平が、目を丸くしながら楽しそうに、うわあ、とか、うへえ、とか、まぬけな声を出すそのたびに、ねえ好きなんだけど、と口の端からほろりとこぼれてしまいそうになっていけなかった。

気を正しく持ち直し、きゅっと口の端を結び返しながら、横にいる私がまさか自分のことを好きだなんて露ほども思ってないその態度に、不満と、そして妙な安心が、染みるみたいに体中に広がっていく。私が遼平のことを好きだという事実に、もし彼が少しでも気付いてしまったなら、きっと遼平は私を傷つけないためにとそっと離れていく。

思わせぶりな態度でいつまでも目の前に女を置いておくことを楽しみ、自分を好いてくれる女に安心感や優越感を抱くような性質の人間じゃないことは、もうとっくに、嫌というほどに、分かっている。

きっと、ごめん俺はそんなつもりじゃないと、申し訳なさそうに長いまつ毛を伏せてきちんとしてしまう、うんざりするほどに、そういう奴なのだ。遼平にとっての私は純然たる「女友達」で、それ以上でもそれ以下でもなく、その肩書きがあるからこそ遼平のそばにいることができるだけであり、そして、それを自分から壊すような間違いを犯すほど私も無垢《むく》ではない。

私自身が健全な女友達であることが、彼と自分を繋《つな》ぐ唯一の糸だということまで、ばかみたいにきちんと理解できてしまっている。私には、それでも私あなたが好きだわ、と、両手を広げて大胆に詰め寄れるほどの青さもなければ、人知れずこの気持ちにしっかりと折り合いをつけられるほどの成熟さも持ち合わせていない。ただ、目の前で静かに微笑《ほほえ》みながら上を向いて安っぽいＬＥＤライトを見つめている遼平が、とにかく今はすごく好きで、喉の奥のほうがとんとんと細かい振動を繰り返してしまって、もうどうしようもないのだ。

＊

「意外とあっという間に終わるんだな」

　気が付けば装飾された街路樹を私たちは通り終えていて、寒そうに肩をすくめてこちらに笑いかけてくる彼を見ていると、私が遼平に秘めたる感情を抱えていることが大変いけないことのような気がしてくる。私だけ下心を持って遼平に会いにきていることが不埒《ふらち》で、私だけがずっと欺いていて、嘘をついていて、でもできるものなら私だって心臓の周りのあたりにこびりついた頑丈なこれらをヘラか何かで丁寧に削ぎ落としたいに決まっている。

　好き、触れたい、帰りたくない、あと十分だけ、こんな気持ちを全部、意のままに削ぎ落とすことができたなら、私だって健やかに女友達として横にいることができるのにと、遼平ののんきそうな横顔を見ていると、やや憎らしさすら覚えてしまう。

「あっ」

　遼平が突然何か思い出したように呟く。

「茜、もう終電やばい？」

「いや私はもうちょいあるけど、遼平五十五分でしょ？　てか待って、あと五分だよ」

「駅すぐそこでしょ？」

「うん、だけど、一応走る？」

「あと十分だけ一緒にいようって言ったらどうする？」

咄嗟に顔をあげると、遼平は両手をポケットにさしたまま、片足を地面に擦《こす》りつつその足元を見つめていた。私の心臓はどん、と大きく揺れ、その振動を受けるようにして喉元につっかえていた言葉はゆっくりと蠢きだし、姿形を少しだけ変えて流れるように口からはらりと出ていった。

「あと、十五分だけ、にも、できる、かも」

「覚えてないならいいんだよ」

「ともこって書いて、さとこ、って読むの。まあ私からしたらさとこって書いてるんだけどさ」

まだ訛りの抜けない尻上がりの口調で、自分の名前のことを僕にそう説明してから、さらさらと流れるような毛質のショートカット姿の彼女は「まあどっちでもいいんだけど」とくだけたように笑った。桜がちらちらと降《ふ》り落ちる頃に入学したばかりの大学での初めてのゼミの日、ひとつの空席を飛ばして隣の席に座ったのが智子だった。

智子と親しくなることにさほど時間はかからず、二回目のゼミの際には彼女がくるりが好きだと言うので聴いてみればまんまと好きになり、三回目になるとあの曲がいいだとかこういう曲もあってとかそんなことをゼミが終わっても話し続けていた。何かの拍子に僕が好きだと言った『わにとかげぎす』を彼女も全巻読んだよと言い、でも暗いよ、なんだかよく分かんなかったよ、と、無邪気に笑う彼女に、そうかなあと不服そうに言ってみせると、やっぱり笑っていたような記憶がある。校内で行われているサークルの強引な勧誘を断りきれず、弾いたこともないギターマンドリンサークルに入ることになったと絶望しながら智子に告げた時、彼女は心配するでも不憫《ふびん》がるでもなく「壮真《そうま》くんっぽい」と言ってけたけたと笑いころげて、その姿を見て何か妙な安心感を抱いたことを、なんとなく、覚えている。

そのうち周囲から、二人って本当に仲良いな、と、言われだした時には、智子と僕は声を揃えて笑うようになっていて、ただ、そうやって笑うだけで、智子と二人きりで遊ぶことが増えても、他愛ない話をして笑いあったり、朝まで智子の家でゲームをして寝てしまったり、そんな時間を繰り返していた。一度だけ、二人して飲みすぎてしまった帰り道、八月だというのに雨が降っていたからか少し寒いねという話をして、それからなんとなく、横で歩いていた智子の手を握って、手を繋《つな》いだまま駅まで歩いたことはあったけれど、次に会った時にはそんなことなどひとつもなかったかのようにまたお互いに振る舞って、またいつものように他愛のない時間を過ごしていた。

やがて僕にも智子にも恋人ができたりあるいは別れたりしながら、時にはそんな話を互いに打ち明けたりしながら、大学四年間はするすると呆気《あっけ》なく終わっていき、智子は卒業とともに地元の盛岡に帰って地元企業に就職し、僕は東京に残って就職することになった。それから数年が経ち、久しぶりに大学時代の友人たちと飲んでいる際に、智子が結婚するのだと聞いたのだった。

久しぶりに聞いた「さとこ」という音が無性に懐かしくなり、帰りの電車で智子に「結婚するって聞いたよ！　おめでとう！」とラインを入れると、すぐに返ってきたメッセージには「誰？」とだけ書かれていた。

＊

「だってさあ、普通は久しぶりに連絡するなら名前とか入れるじゃん」

そう言って智子は笑いながら、ピザカッターをぐるぐると押しては数種類のチーズがふんだんにのせられているピザに縦線や横線を調子よく入れていた。

「それにしても誰、はビビるって」

「壮真くんだと思わないじゃん、名前もイニシャルにしてたし。私の方が驚いたよ」

「智子がSNSやってないからさ」

「だって盛岡に映《ば》えるようなもん何もないんだって」

智子はそう言って笑って、肩まである黒い髪を慣れた手つきでヘアゴムでひとつにまとめた。きっともうとっくにショートカットではなくなっていたのだろうと思うと、会うことがなくなってから今日の日までの智子を、もともと得ていた訳でもないのにいつからか失くしてしまったような、少し不思議な感覚になった。

智子に連絡を入れてから数週間後、来週東京で仕事があるのだと彼女から連絡がきてから今日まで、久しぶりに智子と会う、という些細《ささい》な緊張はぶくぶくと小さな泡のように生まれ続けていた。しかしいざ会ってみればあの頃と変わらない智子の話しぶりや、髪は伸びたけれどやっぱりくだけたようなあの笑い方をしている彼女を見て、すぐに小さくて細かな緊張などはぱちんぱちんと弾《はじ》けて消えていってしまった。長さは変わったけれど細くてさらさらと流れるような髪も、黒目がちな小さな目も、押せばどんな形にもなりそうな小さくて柔らかそうな鼻も、顎の下にひとつ付いている大きめのほくろも、酔うとすぐに両手で頬を覆う癖も、あの頃のままだった。

卒業後、地元に帰り就職した事務の職場では人間関係がうまくいかなかったこと、それから公務員試験を受けて今は地元から少し離れた盛岡の市役所で働いていること、大学時代の友達とはあまり会わなくなったこと、地元に戻って生活していると東京での四年間は夢だったのかと思うことがあるということ、そういった、他愛のないようで、でも大したことでもあるような、様々な出来事を話していた。

＊

「結婚は、いつ決めたの？」

「うーん、半年くらい前かなあ、入籍は来月するの」

　クルトンがやけに固いシーザーサラダに、チーズピザとバジルトマトパスタ、それから鯛のカルパッチョを二人で見事にたいらげ、いくつかのオリーブを小さな器に残したままデザートメニューを手に取りながら智子はそう言った。

「職場の人？」

「部署は違うんだけどね」

「どんな人なの？」

「うーん、優しいよ。穏やかで、全然怒らないし、結構ご飯とかも作ってくれる感じ」

「へえ、なんかいいね、智子っぽい」

「何それ、私っぽい？　壮真くんは？　彼女いないの？」

「いないよ、もう二年くらいいない」

「ええ、結構いないね」

「うーん、出会いもないし」

「二年前のその人はどんな人だったの？」

「化粧品の販売の人」

「へえ、なんか壮真くんっぽいね」

なんだそれ、と、僕が言っている時にはもう智子は笑っていて、からになったワイングラスを口元に持っていこうとするので、それもう入ってないよと言えばまたけたけたと笑って、じゃあこれもう一杯とオレンジムースにする、と言って、やっぱり、笑っていた。

＊

「学生時代はこんなところ来たことなかったからさあ、なんか新鮮」

店を出てから少し離れた東京駅まで向かう最中、丸の内に立ち並ぶ様々なビルやテナントを眺めながら智子は楽しそうにそう言った。

「職場がこの辺なんだよね？」

「うん、金融って大体この辺だから」

「なんかコンパとかめっちゃありそうなのにね」

「会社入って二、三年目までは結構あったけど、なんかもう誘われもしなくなったわ」

「え、なんで?」

「俺が行っても盛り上がらないからじゃない?」

ふふっと智子が笑った瞬間、小粒が頰に当たるのを感じ、反射的に上を見上げた。

「あ、これ雨?」

「うそ、私わかんない」

「あ、雨降ってるわ、俺今日洗濯したのに。なんか洗濯した時に限って雨って降らない?」

「あの時も、降ってたよね」

瞬時にぱっと智子を見ると、智子は「覚えてない?」と笑った。

「なんだっけ、なんかあったっけ」

「覚えてないならいいんだよ」

「え、ごめん、何?」

「ううん、なんでもない」

ゆるい笑みを浮かべながらそう言う彼女に、何も言えなくなってしまった。それから智子は何も言わずにぱらぱらと小雨が降るなか、さっきまでと同じように微笑《ほほえ》みながら丸の内の景色を眺めつつ変わらぬ歩幅で歩いていくだけだった。どん、どん、と、鈍く鼓動が鳴っていくのを振り払うようにして、髪にぱらぱらとへばりついていく雨を右手で払いながら、ゆっくりと変わっていく丸の内の街並みと、少し前を歩く智子の後ろ姿を見つめていた。

*

「壮真くんさ、バイト先の年上の女の人と付き合いだしたじゃん」

しばらくしてから口火を切ったのは智子で、さっきまで小雨だった粒は少し強く頬を打つようになった気がしていた。

「え？　誰だっけ」

「ほらあ、あの、一年の時に壮真くんが和民《わたみ》でバイトしてた時のさあ」

「ああ、ポン女のね。いたね」

「私、あの人きらいだったなあ」

「え、智子ってあの人と会ったことあったっけ？」

「なんかさ、ゼミの飲み会の時に壮真くんのこと迎えにきてたんだよ」

「あ、なんかあった気がする」

「意外だねってみんな言ってたんだよ、壮真くんがああいう人と付き合うの」

「いや、なんか告白してくれたし、俺も彼女欲しかったから」

「それだけなの？」

「何が？」

「理由」

「何の？」

「その人と、付き合ってた理由」

「うん、そんなんだったんじゃない？」

その瞬間、ようやく視界に東京駅の全貌がどんと現れ、智子は目を丸くしてから、わあ、と漏らして、東京駅って本当すごいよね、と感心するように言って、横断歩道の信号は赤に変わって足を止めた。

「あの時さ、仲良かったみんな急に彼氏とか彼女とかできてさ、私も彼氏つくんなきゃなって焦ったなあ」

「え、そんな感じだったの？」

「そうだよ、学部の三村と付き合ってたじゃん私」

「あー、そうだっけ」

「なんにも覚えてないの？」

「いや、まあ、だってもう七年くらい前のことだし」

「私はねえ、東京でのこと、全部覚えてるよ。四年間のこと、多分、全部、覚えてる」

智子はそう言って静かに笑った。

確かに忘れていることも多いかもしれないけれど、僕も覚えていることは少なからずあった。あれが何の瞬間だったかは定かではないけれど、当時付き合いたての少し年上の彼女を智子が見た後で「壮真くんってああいうタイプが好きだったんだ」と言って意地悪そうに笑ったことも、智子が付き合いだした三村という野球サークルに属しているのにピアスをいつもつけていた男のことも、もちろんあの雨の帰り道も、覚えているのに、覚えていると智子に告げることが、どういうわけかできないでいた。それを言ってしまうと、紐を引いてしまうような、その紐を引けば一気に火薬が弾《はじ》けるような、そしてその火薬は、長年、弾けないようにしていたものだということも露《あらわ》になってしまうような、きっと引いてはいけない紐に触れてしまう、そんな気がしていた。

「智子、また東京くることある？」

「もうないんじゃないかなあ」

「え、そうなの？　でもさ、別に仕事じゃなくても普通に来たらいいじゃん」

「なんで？」

「え、いや、普通に遊びに来たら楽しいじゃん。山内とか、ミッツも東京いるし、みんなでたまに会ったりしたらいいじゃん。智子、東京好きでしょ」

「壮真くんはさ、私がなんで今日こんな格好してるかわかる？」

気が付けば東京駅の構内に入り込んでいて、ずっと駅に吸い込まれるようにして半歩先を歩いていた智子は、僕の横にくるよう歩幅を揃え、両手を少し開いて自分の服装を分かりやすいように広げて見せてから尋ねた。そう言われてから見つめ直した智子の服装は、無地のグレーのパーカーに白いデニム地のパンツ姿で、肩には緑色の大きめのトートバッグをかけていた。

「そのパーカーのこと？　汚れてもいいから？」

「あはは、確かに、イタリアンこぼしちゃうとつらいもんね」

「正解？」

「違います」

「あ、仕事だからか」

「なんか懐かしいわ、壮真くんっていつもこんな感じだったわあ」

「どういうこと？」

「じゃあなんで今日私が最終の新幹線とってたか分かる？」

「明日も盛岡で仕事だからでしょ？」

「本当に私が仕事で東京に来たと思ってる？」

新幹線の改札がもうすぐそこまで見えている所まで来ており、さっきから沸々と現れることをやめない緊張の小さな泡が、故障したように一気に次から次へと溢《あふ》れては押し寄せてくる。もう智子は笑うでもなく、まっすぐに僕を見つめていた。

「いや、そう思ってる、けど、違うの？」

そう尋ねると、智子は少し間を置いてから、ふふ、と笑って、ううん違わない、仕事で来たの、と言った。それから智子は歩みを止めぬままトートバッグから財布を取り出し、新幹線のチケットを手に持った。

「壮真くん、私たち、あれだったね、なんか」

「あれって？　なに？」

「いや、ううん」

ようやく智子は立ち止まり、改札の前で、そう言った。智子、と、僕が呟《つぶや》くより先に、智子は、はあ楽しかった、と続けた。

「智子、あのさ」

「うん」

「なんか、あったら、いつでも連絡して、東京きたら俺ずっといるし、普通に遊びに来てもいいんだし、普通にメシとか」

「壮真くん」

「うん」

「私、結婚するの。結婚するって、いくじがあることだと思わない?」

「いくじが、ある?」

「うん。いくじは、ないより、ある方がいいじゃんね」

そう言って智子は笑って、さっと後ろを向いて改札の中へと入って行った。それから一度も振り返ることなくホームまで進んで行き、僕は彼女が消えてしまうまでその後ろ姿を見つめていた。それはまるで、怖くて臆病になって触らなかったあの紐ごと、あの火薬ごと消えていってしまうようで、そして、盛岡行きの最終の新幹線はあの時間にはもうとっくになくなっていたことに気が付いたのは、それからしばらく経ってからのことだった。

「しらん」

「里奈ちゃんを幸せにしたいです。結婚してください」

ちらちらと鳴るみたいにして輝いている東京タワーがすぐそばに見えるレストランの窓際で、デザートのガトーフロマージュを食べ終えた直後、宏樹さんはまるで冗談のようにリングケースを開いて、冗談のような台詞《せりふ》を、冗談とは思えない真剣な眼差しで私に告げた。

私のために予約したこのお店で、私とずっと一緒にいたいと思ってくれて、そしてそれを伝えてくれた人、それは、今、目の前にいる宏樹さんだった。いつもと違うブラウンのスーツを着て、緊張を隠すように唇をきゅっと結び続けているその姿に、思わず滲《にじ》むように涙が溢《あふ》れてきて、けっこん、と、呟《つぶや》くしかできなかった。

*

悠也《ゆうや》と出会ったのは七年ほど前、私が社会人になってすぐの頃だった。仕事終わりに職場の女性の同僚らと三人で新宿の安い居酒屋に行った時、ふたつ隣のテーブルで数人で盛り上がっていたのが悠也だった。小さくて不安定なテーブルをひとつ隔てたとしても、若い男女に自然と会話が発生するには十分すぎるほどにその店は狭く、背が高く猫背で流行に無頓着そうな服装と伸びっぱなしの黒い髪をまとった悠也は、口数は少ないけれど笑った顔が幼く見え、太くて短い見たことのないたばこを吸いながら、私より二つ年上なのだと教えてくれた。そして帰りがけにつまらなそうに「連絡先おしえてや」と言われた時は、まあ、別にいいか、という程度だった。

「おれ芸人やってんねん」

初めて二人きりで食事に行った日、彼はやや恐縮したように、しかしどこかふてぶてしく、そう私に伝えた。とはいえ、やっぱりなにかつまらなそうに言い放つものだから、私は取り立てて反応をしてはいけないような気になってしまい、へえ、そうなんだ、と、声色を変えず淡白に呟くのみだった。

それから数回食事に行ったのち、彼から決定的な愛の告白をされるわけでも、私から何を急《せ》かすでもなく、いつからかすらすらと私たちは恋人同士だと名乗るようになっていた。彼との食事はいつも、これまで親しくしていた男性たちが連れて行ってくれたようなお店ではなく、ハイボールが百円だとか、かっぱ巻きが二百円だとか、周囲の客は学生の団体が多く、店員はいつも大声で何かを叫び続けせかせかと動き回っているような、そんなお店ばかりだったけれど、不思議とあまり気になることはなかった。おかわりが無料だというキャベツが運ばれてくるたび、雑に塩をかけて食べては「俺、メシの味とか分からへんねん」と憮然《ぶぜん》とした表情で呟く彼が、可笑《おか》しかった。

私は悠也が出演している「お笑いライブ」を見に新宿の小さな劇場まで同僚を誘って出かけたり、面白いのか面白くないのかよく分からない彼の漫才を眺めたり、「今日面白かった?」と尋ねられては「面白かったよ」と言いつつも、それ以外になんと言えばいいのか分からなかったり、悠也の「先輩」なる風変わりで声の大きい人たちに彼女だと紹介されたり、ほどなくして、やっぱり決定的な何かを言われたわけでもなくごく自然に一緒に住むようになってからは、深夜のコンビニのアルバイトに向かう悠也を妙な時間に送り出したり、二人きりで過ごそうと言っていた休日を「ネタ合わせ入ったわ」と唐突に断られたりする以外は、何の変哲もない恋人同士だった、ように、思う。

悠也は口数は多くないけれど、家に帰ってくれば色んなことをいつも話してくれていた。みんなに隠れてハゲを止める薬を飲む先輩芸人の話、酔うといつも絶対に安室ちゃんの〈ネバーエンド〉を歌う同期の芸人の話、頼りないけど優しい事務所のマネージャーの話、一般社会でOLとして働く私にとって、そうして悠也が過ごす当然の毎日は、いつもどこか異世界の物語を聞いているようだった。私が友人と電話をしながら落書きをする癖を見ては「絶対に話おもんななってるやんけ」などと憮然とした表情で言ってくるので、そのたびけらけらと笑ったものだったし、「今日は珍しく楽屋でケータリングが出た」と言い、大きなリュックからたくさんのハッピーターンをせっせと出していた姿もまぬけなどろぼうみたいで可笑しかった。

悠也が「賞レース」の「三回戦」に初めて進んだ時は、それがどれほどのことなのか私はあんまり分からなかったけれど、とても嬉しそうな悠也を見ていると自然と私も嬉しくなってしまって一緒に喜び、「賞レース」から帰ってきた悠也が「あかんかったわ」と呟いた夜は、ふたりで少しだけお酒を飲んだ。何かの「オーディション」に受かったのだと言って悠也のコンビが深夜のテレビ番組で一分間の特技を披露した時は放送時間前から緊張しながら二人でテレビにかじりついたし、たまに「売れてる先輩」に飲みに連れて行ってもらった日に少し飲み過ぎた様子で帰ってきて、「漫才にはニンが出ないとあかんねん」と意気揚々と聞かせてくれるあの時間も、何を言っているのかよく分からなかったけれど、決して嫌いではなかった。悠也は「ノルマ」や「打ち上げ」のせいでいつもお金はなかったものの、「芸人」として活動する姿もとても好きだったし、家の中で「芸人」ではなくなったような無防備な彼の姿もとても好きで、一緒にいられるだけでとても幸せで、いつも楽しくて、すごく、大切だった。

同棲しだして四年が経った頃、悠也のコンビは解散した。「賞レース」というもので芳しい結果が出なかったことが原因だと言っていた。それから悠也はピン芸人として「オーディションライブ」というものに出るようになった。私たちは二十八歳になっていた。

*

どうして若い頃は平気だったことが年齢を重ねると鈍痛のように響いてくるのだろうか。

周囲の友人達が結婚し、出産していくなかで、私たちの「デート」は相変わらず全品三百円の居酒屋に行くことしかなく、悠也は深夜のアルバイトをしなくていいようになる気配すら見えず、一体いつまでこの古い木造のアパートの二階で暮らせば悠也が何かを摑《つか》めるのだろうかと考える時間が次第に増えていた。悠也と一緒にいたいことも本当で、悠也の「夢」を応援したいことも本当で、でも私がいつからか彼と「普通」の恋人同士のようになりたいと思うようになっていたことにも、ついに目を背けることができなくなっていた。

二十九歳の私の誕生日、悠也は「ライブがあるから」と言って夕方頃に家を出て行った。それから数時間後に「打ち上げ行くことになったわ」というメッセージだけが、私の元に、ひとつ届いた。

＊

「芸人やめてほしいってこと？」

「そういうわけじゃなくて、悠也は、私との将来とかを考えてくれてないのかなって」

キッチンの換気扇の下でいい匂いのしないたばこを吸っている悠也を見つめて、私はリビングテーブルを前に、言葉を選びながらそう言った。

「考えてるって。結婚するんやったら里奈しかおらんと思ってるわ」

「じゃあ、いつになるの?」

「それは分からんやん」

「分からんって、私もう二十三歳じゃないんだよ。二十九歳なんだよ。いつまで悠也の夢が叶うの待てばいいのか分かんないよ。いつまで待てばいいの?」

「……しらん」

「ね、悠也、ちゃんと聞いてよ。私だって普通に結婚したいし、子どもだってほしいし、それって、悠也と付き合ってたら難しいことなの?」

「しらん」

「舟木さんみたいに三十七歳になってもまだ夜勤続けながらオーディションライブ受けるの? ああなるの?」

「舟木さん今関係ないやろ」

「あるよ、結局悠也は今のままでいいって思ってるんだよ。今のまま何も変わらなければいいなってそう思ってるんだよ。変わることが怖いんだよ、売れたいなんて思ってないじゃん、思ってたらもっと——」

「お前に何が分かんねん」

「分かんないよ、分かんないけど、私だって美味《おい》しいレストランとか行きたいし、流行《はや》ってるお店とか、旅行だって行きたいのに、いつまでも行けないじゃん。いつ行けたことがあった？　いつ連れてってくれたことがあった？　いつまで私は私を犠牲にしなきゃいけないの？　全部悠也のためにって我慢してきたのに、悠也はずっと自分のことしか考えてなくて、虚しくなるんだよ。今日ウケたとかスベッたとかもうどうでもいい、もうずっとどうでもよかった、本当どうでもよかった、私って悠也にとってなんなの？私が我慢してることとってなんなの？　私が悠也に――」

「俺がお前に何か頼んだことあるんか？」

そう言って悠也は玄関に置いてあったコートを摑みとり、大袈裟《おおげさ》にドアを閉める音を立ててから家を出て行った。私はべちゃべちゃに濡れた頰を拭えど拭えど、涙が止まってくれることはなく、取り残された部屋の中で、換気扇が壊れかけているせいでまだ漂っているたばこの煙をぼうっと見つめることしかできなかった。

こんなことが言いたかったんじゃなかった。私も悠也と一緒にいられることが一番幸せなはずなのに、どうして一緒にいるとこんなにも疲れてしまうのか、いつからそうなってしまったのか、分からなかった。数年前は気にならなかったこと、安い居酒屋も、古くて狭いアパートも、悠也が夢を追いかけることも、時間が経ったというだけで、年齢を重ねたというだけで、それらはひとつひとつ、どうして悲しさを孕《はら》んだ姿に形を変えて私のもとに落ちてくるのだろう。悠也とこれからも一緒にいるためにはどうすればいいのか分からず、私さえ我慢し続ければそのいつかは訪れるのだろうかと、もうひとつの考えを鎮めようとしても、それは自分の夢のためなら私が我慢することを何とも思わないような人と一緒にいていいのだろうかという疑問に変わり、熱を帯びては沸騰し返すだけだった。

もう考えることも疲れて、何もかもがよく分からなくなってしまい、あの話をした日から夜勤に行く悠也もライブに行く悠也も以前のように送り出せなくなり、それから一ヶ月ほど経った後で、私は一人で家を出たのだった。そして、それ以降悠也に連絡することも、もちろん彼から何か連絡がくることも、いっさいないまま、ただ時間だけが過ぎていた。

長すぎた春、という言葉が、いつまでも頭の隅に文鎮のようにしてずっとそこにあった。もうあんな風にくだらないことでふざけあったり、笑いあったりするような人には出会えない気がして、お金がなくても、おしゃれなレストランに行けなくても、誕生日に大したプレゼントを贈ってもらえなくても、ぶっきらぼうでも、「普通」でなくても、悠也と過ごす時間が楽しくて幸せだったその事実は、彼から離れた自分を劈《つんざ》きそうになる瞬間もあった。どういう選択をしていれば良かったのだろうかと、泣きたくなる日だって、悠也がどうかは分からないけれど、私には、たくさん、あった。同じように悠也もそう思ってくれていればいいなと思うこともあったけれど、よりを戻したところで私たちの問題が解決されるわけではないことだって、いつの間にか、三十歳になることを控えていた私には、十分に分かっていた。

＊

「里奈ちゃん、大丈夫?」

目の前で宏樹さんが心配そうな表情で覗《のぞ》きこんでいる。悠也と別れて半年ほど経った頃に出会い、好意をストレートに伝えてくれる宏樹さんと付き合い出してからもう一年が経っていた。宏樹さんは優しくて、おおらかで、私のことを大事にしてくれ、なんの不満もなかった。むしろ、ずっと、欲しかったものだった。社会人の「普通」の恋人も、嘘のような夜景が見えるレストランでの食事も、結婚しようという言葉も、ずっと欲しくて、心待ちにしていたものだった。

なのにどうして、悠也がこれを言ってくれなかったんだろうかと、これを叶えてくれるのが悠也だったならと、そんなことを一瞬でも考えてしまうのだろうか。欲しかったものが揃った瞬間に、幸福のありかが明確になるなんてばかげている。宏樹さんのことがとても大事であることは嘘じゃなく、愛する恋人であることも、そう言ってくれたことをとても嬉しく思うのも、全てが真実なのに、小さな箱の中から覗くふかふかのベロア生地に埋まったシルバーリングを見つめながら、生ぬるい風を浴びていたあの時代のにおいが一瞬だけ鼻をかすめ、そしてそれは、ひどく強烈なにおいだった。

「ごめんなさい、あの。嬉しくて」

「大丈夫だよ。里奈ちゃん、俺、幸せにします」

宏樹さんはそう言って微笑《ほほえ》んで、私はまた胸の奥の方からじわりと何かが滲んでくるのが分かった。もう、長すぎた春は終わった。あの時代は美しかった。あの頃のことを思い出す日があることも嘘じゃない。でも、今、私はちがう春へくることができたのかもしれない、と、宏樹さんの目を見ているとそう思えて、種類の分からない涙がまた溢れてきた。

選ばなかった未来について考えることはもうしたくはないし、するべきではない。私につられたようにして涙ぐむ宏樹さんを見て、私はあの人を大事にできなかったけれど、この人のことは絶対に大事にしようと思え、この人とあたたかな風をたくさん享受していこうと、時に冷たくて苦しい時期があったとしても、この人のことを必ず幸せにしよう、そして、私もきっと、幸せになろうと、どこか覚悟めいた思いで息を整えた。

「宏樹さん、私ね、今、もう幸せです。でも、これから、もっと幸せになれそうです。よろしくお願いします」

「俺が福岡行って、せいせいした？」

デパートの化粧品売り場は独特な匂いがしていた。

いい年齢になっても基礎化粧品、というものの意味さえ理解できていない自分が闊歩《かっぽ》するには居心地の悪い華やかな道が幾つも広がっていて、どこに進んでも間違っているような気がしてしまう。綺麗に陳列された爛々《らんらん》とした化粧品を何となく眺めながら歩いていると、鮮やかなパッケージが目を引くリップグロスが目に入った。従来の縦長のそれではなくて、四角いパレット状になっており物珍しかったために少し手に取ってみようと思ったが最後、美容部員のお姉さんに声をかけられ、あれよあれよという間にカウンターに案内され、気付いた時には自分の唇に綺麗に紅がさされていた。

「マスカラもされてないんですね、試してみますか?」

満面の笑みのお姉さん、お姉さん、と言っても自分より二つか三つは年下だろうが、彼女の笑みの圧に屈し、はいと返事するほかなかった。

目の前にあるカウンターに置かれた丸い鏡には、化粧っ気のない自分の顔で唯一彩られている唇が気まずそうに映し出されている。休憩中や終業後に特に直す習慣のないファンデーションはよれて、目元のあたりが皺《しわ》っぽくなっている気がする。

「こちらがセパレートタイプで、こちらがロングタイプです、こちらはお湯でオフできて」

お姉さんが数本のマスカラを持ってきて細かく説明を始めてくれたが、彼女の顔面と鏡の中の自分の顔面を見比べれば、あまりにも色味が足りなくて呆《あき》れてしまった。

「あの、ファンデーションとチークと、それから、アイブロウとアイシャドウも試してみていいですか?」

＊

「スーツじゃない小佐田《おさだ》さん見るの、すごい久しぶりな気がする」

何だかよく分からない骨董品や置物がそこら中から気品を漂わせ存在感を放っているバーのカウンターで、高瀬さんが腕時計を外しながらそう言った。

「高瀬さんて、いつもすぐに腕時計外しますよね」

「重いんだよね」

「いいものなんじゃないですか？」

「重いだけでいいものじゃないよ、盗られても平気だから気楽に外せるの」

そう言って高瀬さんはふふっと笑い、なんか暑いねと言ってスーツのジャケットを脱いで店員さんに「これお願いします」と声をかけた。

「そのネックレスよく似合ってるね、彼氏に買ってもらった？」

バーテンの中年男性に、バーボンロック一つと水割り一つ、と言ってから高瀬さんは微笑《ほほえ》みながらそう尋ねてきた。

「いや自分で。彼氏なんていません」

「うそ、渡辺さんたちが、小佐田さんは最近彼氏できたってでっかい声で噂してたよ」

「ほんとに事務の人たちって暇ですよね」

あはは、という高瀬さんの快活な笑い声が他に誰もいない店内に響き、でた、小佐田さんって感じ、と笑いながら高瀬さんは手の甲で鼻の下を触った。

「福岡での生活はどうですか？」

目の前にはいつの間にかコースターの上にのったバーボングラスが置かれており、私は飲むわけでもなく、ただなんとなくグラスを手に取って揺らしていた。

「別に何も変わらないよ、あ、でも博多弁使う男って迫力があってかっこいいんだよね」

「ああ、女性の博多弁も可愛いですしね」

「ううん、俺は関西弁が好き」

そう言って高瀬さんは私を見てまたふふっと笑った。

「もう、そういうのいいですから」

「たまに小佐田さんが関西弁、出ちゃうの好きなんだよね」

まるでテレビの向こうの女優さんをそやすようにして、どうして隣の女をそやすことがやすやすとできてしまうのだろうかと、高瀬さんと会っているといつも訳が分からなくなってしまう。

「俺が福岡行って、せいせいした?」

覗《のぞ》き込むようにして私を見つめる高瀬さんに、私は、変な質問ですねと言うしかなかった。

「小佐田さんってあんまり何考えてるか分かんないんだもん」

高瀬さんはグラスをくっと傾けてバーボンを飲んだ。コースターの横に置かれているシルバーの腕時計は、午前一時を指していた。

「お子さんは何歳になったんですか?」

「何歳だと思う?」

「ふふ、コンパの女の子じゃないんですから」

そう言うとあははと高瀬さんは笑って、また手の甲で鼻を触った。

「高瀬さん」

「うん」

「私、もう高瀬さんとは会わないです」

その瞬間にぱっとこちらを見た高瀬さんは、すぐに目線を落として、やっぱり微笑みながら、そっか、と小さく言った。

*

「運転手さん、外苑西通りから行ってあげてくれますか」

拾ったタクシーの後部座席に乗り込んだ私の横で、開いたドアから覗き込むようにして高瀬さんが運転手にそう告げた。

「ごちそうさまでした。福岡での生活、楽しんで下さいね」

「仕事で会えたらいいでしょ、会社、辞めちゃだめだよ」

「はい、ありがとうございました」

「小佐田さん、ごめんね」

「何がですか」

「うん、綺麗になったね」

「お客さん、外苑西通りだと、次の角でUターンしなきゃいけないんですがいいですかね」

「ああそうしてあげて下さい、じゃあね、おやすみ」

それからドアがぱんと閉まり、窓の向こうで高瀬さんがひらひらと手を振る。咄嗟《とっさ》に会釈をしてから顔をあげると、もうタクシーは走り出していた。

タクシーの窓ガラスには自分の顔が薄く反射していて、眉尻までしっかり残っている自分の眉毛は、なんだか無理しているみたいで嘲笑《あざわら》いたくなった。グロスを重ねた唇なんてとっくにひりひりしていて、手首にはアイシャドウのラメが薄く付いている。最後に高瀬さんに美しくなったと思われたくて、でもいざ言われてしまえば、そんな言葉に何の意味もないことに気が付いてしまうのだからばかげている。ずっと本当に欲しかったのは他の言葉で、そしてそれは絶対に言ってもらえない言葉で、そんなことに最後の最後に気付いて、自分がどうしようもなくみじめになって、もうだめだった。目がじわっと熱くなってきて、しばらくしてようやく目尻を拭った時には黒いマスカラが指にべっと付いてしまった。

「濡れても落ちひん言うてたくせに」

「え？　何か言いました？」

「嘘つきやんけ」

「え？　なんですか？」

思いきりよく、ずずっと鼻をすすり、ミラーに映る呑気そうな運転手を睨《にら》んで「さっきからずっと間《ま》あわるいねん」と声に出して悪態をついた。

「ねえ由莉ちゃん」

「ねえ由莉《ゆり》ちゃん」

「はい」

「こっち来て」

「いきませんって」

「ええ」

野菜炒めの残りと缶ビールが並ぶローテーブルを挟んだ向かいで景太くんはそう言って大げさにむくれてから寝転び、当然のように私の気に入っている大きめのクッション、少し値段の張る雑貨屋で買ったピンクと黄色のガーベラが刺繍《ししゅう》でデザインされているそれを、スムーズに手に取って頭の下に敷いた。

「それ景太くんが敷きまくるから潰れちゃったんですけど」

「いいじゃんそんくらい」

「新しいの買ってください」

「一緒に買いに行こうよ」

「行きませんよ、買って来てください」

なんで俺が一人でお前のクッション買うんだよ、と景太くんは笑って、私に背を向けてから自分のスマホを手にとり、何かを黙って眺めだした。景太くんの後頭部越しに画面がちらりと見え、誰かとラインをしているということだけが把握でき、反射的に顔を背けて目の前のローテーブルに置かれている缶ビールを摑《つか》んだ。

＊

景太くんのことは、出会う以前から、女性に纏わるろくでもない噂ばかりが目立つ人だということを嫌というほどに知っていた。彼のバンドのライブが私の勤めるライブハウスで開催されることになり、彼らのライブに音響として私が入ることになった際には、必要以上に警戒心を抱いて接するようにしていた。彼が異常に前髪を気にするところも、調子のいいことを言うのが得意なだけでさまざまに無責任なところも、やたらと女性スタッフたちがぬか喜びするような言動を繰り返すところも、何かを狙ったように私の髪を軽々しく触ってくるところも、由莉ちゃんだけにね、と笑ってドリンクを差し入れてくるところも、私は、心から、軽蔑していた。

ライブハウスのスタッフには景太くんを「かわいい」と語る女性もいれば「かっこいい」と語る女性もいて、でも私はさしてどっちとも思えず、むしろ不実でありそうなところに色気を感じるのはばかげている気がしていた。女癖が良くない割には同性である男性たちからは疎ましがられたり僻《ひが》まれたりすることもなく、景太くんのことはみんな既に「許している」ような空気が立ち込めていた。それもまた私は受け入れ難かったのは、それは景太くんを「許している」のではなくて、景太くんによって「許させられている」ような気がしていたからだった。つまり私は、景太くんの持つあらゆるだらしなさのようなものを、他の人たちと同じように彼を「許す」ということを、決して、許さないままでいた。

家の近所のコンビニで偶然に景太くんと出くわしたその日、私の気分はひどく落ち込んでいて、この憂鬱がどこかへ遠くへ飛んでいってほしいと祈るように、発泡酒のロング缶三本を雑に摑んでカゴの中に入れたところで、スウェット姿の景太くんに肩を叩《たた》かれたのだった。

「由莉ちゃん、だよね」

「あ、はい」

「この辺に住んでんの？」

そこにいたのはライブハウスで見る景太くんよりもひどく痩せて見える景太くんで、きっと元々線が細いのだろうけれどより一層、細長く見えて不思議だった。

うわべだけのどうでもいい世間話をほんの少しした後に、ちょっと今から由莉ちゃんの家で軽く飲もうよとさらりと言われ、自分でも何がどうなってそう言ったのか今では分からないけれど、私は、なにかやけになったみたいに、そうしましょうかと言って、そのまま十分ほど歩いて私の家に到着し、狭いワンルームでやっぱりローテーブルを挟みながら発泡酒をいくつか飲み、私が勤めているライブハウスについてや、界隈のバンドについてなどの他愛ない話をしているうちに知らぬ間に二人して眠っていた。

それからというもの、景太くんはふらりと私の家に勝手に現れては安い酒を飲んで私のクッションを頭に敷いて横になり、気分が良くなれば私の観賞用のウクレレを弾きだしたり、私のうどんを焼きうどんにしては食べきったり食べきれなかったり、毎週土曜のドキュメンタリー番組を知らぬ間に録画登録して私の家で眺めたりするようになり、ただ、この部屋の中では、たったそれだけのようなことしか起こらないまま、もうすぐ三ヶ月が経とうとしていた。

＊

「景太くん聞きましたよ」

「どうしたの」

「なんか、香山さんに手だしたっていう変な話」

「香山さん？」

「つぐみさんのところの」

「あぁ」

景太くんはクッションを頭に敷いたまま、こちらも向かずに生返事だけをしていた。

「香山さん、うち来るたび磯部さんに景太くんのこと話してるから」

「言わせといたらいいのよ。多分そうやってバランスとってんじゃん」

「バランス」

「由莉ちゃんもバランスとるでしょ、嫌なことあったら」

「バランス」

「嫌なことあったら何してるの」

「音楽、とか聴いてたら、嫌なこととかは忘れますけど」

「へえ、俺は音楽きらい」

「いや一番好きじゃん」

ふは、という空気の抜けたような音を出して景太くんは笑って、のろりと上半身を起こしてテーブルの上に置かれてあった自身のたばこを手に取った。

「由莉ちゃん」

「はい」

「うーん」

「何ですか」

「かわいい」

そう言って私の目をじっとりと見ては機嫌よさげに微笑《ほほえ》んだ景太くんは、先に火がついたたばこを咥《くわ》えてすうと息を吸いこんでから、同じリズムでまたすぅ、と、息を吐き出した。

「そういうの要らないですから」

「ほんとほんと。顔もかわいいし、性格もかわいい」

「黙ってください」

たばこの煙が渋滞し始めたせいでキッチンの換気扇を回すために私が立つと、今度はふざけたように、後ろから、かあわあい、という声が聞こえたので、振り返って大げさにげんなりした顔をして見せると、景太くんはまた、ふは、と笑った。

景太くんが私に対してこういった妙な言動を繰り返す理由などはたった一つで、目の前にいる女性、つまり誰でもいいから、その時目の前にいる女性の気持ちを揺さぶっては楽しみたいだけなのだろうということを深く、しっかりと、理解している。

それが癖の悪い趣味なのか、たちの悪い才能なのかは分からないけれど、とにかく彼は女性からの好意を集めることにひどく長《た》けており、結局そうして多くの女性たちがまんまと景太くんに好意を寄せては、それぞれに悲しんだり、怒ったり、落ち込んだりしている結末ばかりがこの世に誕生し続けている。

時折女性について話す景太くんは冷淡で感じが悪く、彼の女性に対する言動を聞く限りは到底共感も尊敬もできるものではなく、嫌悪感ばかりが募っていった。私に対して軽はずみに気恥ずかしくなるような言葉を投げかけてくるのも、幾分なめられているようで気分が悪くなることもしばしばだった。

彼が誰にでも言い放っているような安い台詞《せりふ》で喜ぶことなどばかげているし、彼の気ままな行動に自分のペースを崩され、あまつさえどぎまぎしてしまうことなどは愚かの極みであり、嘲りさえしている。簡単に彼に好意を寄せては、簡単にないがしろにされ、それでも景太くんに会いたいと辛《つら》そうにこぼす香山さんのようになりたい女が、この世のどこにいるというのだろう。景太くんのことを好きになる、ということは、未来の香山を探せオーディションに自ら腕を回し奮って参加するということで、そんなとんでもないオーディションで見事な合格を勝ち取ろうという女など、まともであればいるはずがないのである。

＊

「景太くん、もう二時ですよ、寝るならそっちで寝てください」

香山さんの話をしてから数時間が経ち、つけっぱなしのテレビ画面には誰が喜ぶのか分からないアイテムを取り揃えた通販番組が映し出されていた。まだ火のついている短くなったたばことスマホをテーブルの上に置いたまま、景太くんはまただらりと横になってうとうとし始めていたため、私は立ち上がって景太くんを起こそうとしていた。

「由莉ちゃんベッドで寝るんだからさあ、俺どこだっていいじゃん」

景太くんは起きあがろうともせず、横になったままでそう言った。

「起きた時邪魔なんですよ、変に起こしちゃいますから」

「ねえ由莉ちゃん」

「はい」

「こっち来て」

「行きませんよ」

「由莉ちゃん」

「もう黙ってください」

その瞬間、ポコン、という聞き馴染みのある音が聞こえ、彼のスマホが瞬間的に光ってメッセージのバナーが表示された。反射的に見てしまったそこには、全文は捉えられずとも幾つかの可愛らしい絵文字が露骨に並んでいることはすぐに認識できた。

「景太くん、なんかきてますけど」

「後で見るからいい」

「あの、ちゃんとそっちで寝てください」

「ねえ、こっち来てよ」

「行かないですって」

「いいじゃん」

「よくないし、寝るならあっちで」

「ねえ、由莉ちゃん」

「ていうかメッセきてますよ」

「それはいいから」

「よくないから。ていうかいつも寝ちゃうの何なんですか？　帰れば良くないですか？　いつまでこうやってふらっとうち来るんですか？　クッションも潰れるし、いつも目的分かんないし、けっこう私だって観たいドラマとかあるし、一人の時間がなくなってるし、ていうか私にとって迷惑かなとか考えてくれたことないんですか？　めっちゃ自分勝手じゃないですか？　私だって別にめっちゃ暇ってわけじゃないし、こないだもじゃがりこ勝手に食べてたし、私あれお湯で溶かしてチーズ入れて食べようと思ってたのに、コンソメポテトも入れて食べようって、でも帰ったらなくて、コンソメのも食べてたし、私コンビニまで買いに行って、ていうか景太くん傘も勝手に持ってってたでしょ、あの日私朝から高田馬場《たかだのばば》まで行かなきゃいけなかったのに」

「うるさいなあ」

「は、うるさくないです、ちょっと一旦起きてください」

「やだ」

「景太くん」

「なに」

「そっちで寝て」

「やだ」

「じゃあ帰って」

「やだ」

「なんかきてるから」

「由莉ちゃんに関係ないじゃん」

「関係ないなら電源でもなんでも切っててくださいよ、見えちゃうじゃん」

「なんで気になるのよ、気にする必要ないじゃん」

「なんでって」

瞬間的に、ピン、という張り詰める音が鳴った。

強い緊張がこの小さな部屋の中を駆け巡る音で、私は瞬時に動けなくなってしまった。まるで表面張力いっぱいになった水が、小さな振動でこぼれてしまったように、理性の及ばぬところで思わず溢《あふ》れてしまった自分の言葉に自分自身が戸惑い、胸を心臓が内側から遠慮がちに殴っていく鼓動ばかりに支配されていく。さっき景太くんがたばこを吸い出した時に回した換気扇の雑音さえこの緊張の糸を弛《ゆる》めることは許してくれず、今は唾を呑み込んでもその音が聞こえてしまいそうな気がして、ただひたすら、こちらに背を向けてただ黙り込んでいる景太くんの後頭部を見つめることしかできなかった。

「由莉ちゃん」

しばらくしたあと、体勢を変えずにこちらに背を向けたまま、部屋中に張りつめる糸を先にたらんと弛めたのは景太くんだった。

「なんですか」

「由莉ちゃんさ」

「なに」

「俺のこと好きでしょ」

「違います」

「ふうん」

「私、未来の香山さんに、なりたくないんです」

「ふふ、何それ」

彼の言動の源泉が何かということなどもう嫌という程に分かっている。無責任に享楽的な言動を繰り返しているだけだということも、目の前の女性を翻弄することで自分の自尊心や虚栄心を満たしているだけだということなども十二分に理解できている。軽蔑すべきところや幻滅すべきところばかりで、尊敬できるところなどなければ、好きになれるようなところなんてひとつとして見つけられるわけはなく、彼を拒絶できる理由はいくらでも挙げられれど、拒絶できない理由などなくて、ないはずなのに、なのに、どうして拒絶しきることができないまま、どうして、こうなってしまっているのか、何度も何度も、考えることを止めてきたはずなのに、振り払ってきたはずなのに、どうして、もう、何もかも、分からなくなってしまっている。

「香山さんが可哀想です」

「何?」

「オーディションまで開催されて」

「何の話?」

「景太くん、私」

「もういいから、こっちおいで」

そう言って景太くんはくるりとこちらを向いて微笑んで手を伸ばす。この手に触れれば、私は来週にでも磯部さんに泣きついたりすることになることなど分かっている、でも、もしかすると、という浅はかな薄い期待がぬらぬらと喉のあたりを湿らしていき、明日になれば後悔することなどもう既に知っているはずなのに、鼓膜が破れそうなほどに理性が警告音を鳴らしているのに、なのに、どうしてなのだろうか、導かれるようにゆっくりと右足に体重がかかっていき、景太くんの手のひらに向かって差し出ていく、この右手を止めることができなかった。

「翠さんの靴、それ汚すぎるやろ」

今日会える?という彼からの連絡を目にしたのは就業中の十七時頃で、そのメッセージを受けた高揚感の直後に襲ってきたのは、よりによってこんな格好の日に、という小さな絶望感だった。残っていた資料作成の仕事をそれはもう中途半端に終わらせて、同僚たちの恨めしげな顔を尻目に、堂々とした態度で「お先です」と言ってみせてから、十七時十五分には会社を飛び出していた。職場から一番近いデパートに着いたのは十七時三十分頃で、その十分後には四階の靴屋で、安いけれどそれなりには見えるハイヒールを購入し、店員にそのまま履いちゃいますと告げて、履き潰したスリッポンは本来そのハイヒールが収納されるはずだったショップバッグに隠すように忍ばせた。

どう考えても靴擦れ必至、絆創膏を買って帰らなければならないと覚悟しながら先程買った固いフェイクレザーのハイヒールを履いて、パウダールームのある二階へと向かった。エスカレーターを降りて二階に着くやいなや、安価なアクセサリーショップが目についたためになめらかにアクセサリー類を見回し、華奢《きゃしゃ》な縦線が揺れるゴールドのピアスを手際よく買い終えた頃には、時刻は十八時を過ぎていた。

早足でパウダールームへ向かい、空いている席へと素早く座る。大きな鏡に映し出された自分の現状の姿をまじまじと確認し、膝の上に置いた鞄をがばっと開け、ノートパソコンや仕事用の資料が入ったクリアファイル類を掻き分けて携帯用のヘアアイロンをぐっと摑み、電源ボタンを長押しして鉄板部分が熱くなるのを待つ。その間に今度はポーチを取り出し、その中から今度はアイブロウを摑んで鏡を睨《にら》みつけるようにしてなくなりかけた眉尻を描き直し、そして買ったばかりのアイシャドウからオレンジめいた色味のパレットを選び、いやらしくない程度にまぶたにのせていく。放っておいたアイロンに手を翳《かざ》せば、熱を帯びていることが確認でき、さっと手に取って前髪と顔まわりだけを軽く伸ばし直すことに集中していく。

時計を確認すれば十八時半を指していて、あ、あと三十分ある、と、腹を括るようにして鏡を睨《にら》み直し、過不足ないよう細心の注意を払いながらコンシーラーにハイライト、チークやマスカラを、気合が入っているとばれてしまわないように、慎重に肌へとのせていく。いや、やっぱり毛先ももう少し巻こうかと思い直し、またヘアアイロンの電源をオンにした頃、新着メッセージが一件あります、ごめんやっぱり今日厳しいかも、また今度にしよう、という文字の整列を目の当たりにし、唐突に頭のてっぺんから空気がぷすっと抜けるのを感じた。

じりじりと温度が上がっていくことが表示されていくヘアアイロンをぼうっと眺めながら、ついでだと思い、私はのろい手つきで毛先を巻き始めていた。

*

「マジ俺ちょうど蕎麦食べたかってんなあ」

石見《いしみ》くんはそう言いながらざる蕎麦を覗《のぞ》き込むように眺めて、箸を両手でパチンと割った。

「ちょうど蕎麦が食べたいことなんてある?」

「あるやろ、ほんまはカツ丼が食いたかったけど」

「カツ丼じゃん」

「いやまあね、でも蕎麦屋のカツ丼も美味《うま》いやないですか」

そう言って石見くんはざるにのった麺を大雑把に箸でつまみ、つゆの中にすとんと落とした。

フードの形が崩れていない石見くんのパーカーの胸元には私でも知っているようなストリート系ブランドのロゴが貼り付いていて、蕎麦を口に運ぶ手元に巻きついたごつっとした黒いカジュアルな腕時計は自分の職場では到底見かけないようなものだった。茶色い直毛のさらっとした長い前髪を鬱陶しそうにかきあげながら、石見くんはテンポよく蕎麦をすすっていく。

「翠《みどり》さん、それ、なんか買い物してたん」

ふっと顔を上げた石見くんが箸の先を動かし、私の隣の席に置いてあるショップバッグを指しながら言う。

「仕事の帰りに靴買っただけ」

「ふうん、どんなんですか」

「別に、普通の。石見くんはどうだった？　平日って売れるの？」

「いや、めっちゃ売りましたよ。翠さん知らんと思いますけど、俺あのギャラリーで結構マジでエースなんですよ。ほんまやったら俺、翠さんと飯食うてるような男ちゃうんすよ。アンミカとかと余裕で飯食えるような男ですからね」

「アンミカ？」

「ん？　アンミカちゃうかったっけ？　アンミカってどんな人やっけ？」

「美人だけど関西弁の、白色の数知ってて、なんか元彼がスパイだったみたいな人」

「ほんまにどんな人やねん」

たはっ、と石見くんは笑って、また蕎麦をずずっとすすり、美味い、やっぱカツ丼も頼んだろかな、と言ってメニューをさっと手に取り、しばらく眺めた後で、しかめ面をして高いな、と呟《つぶや》いたので思わず私も笑ってしまった。

＊

「この蕎麦屋って翠さんとしか来《け》えへんわ」

ビール二杯を飲み終えたところで芋焼酎水割りに切り替えたばかりの石見くんが、陶器のグラスを傾けながらそう言った。私はといえば、一杯目のビールが半分くらいのところからまだ進まずにいるままだった。

「蕎麦屋どころか、池袋あんまり来ないでしょ」

「うん、めっちゃ遠いし。あと俺池袋あんま好きちゃうねんな」

「分かる。私も。でも今の会社入ってからちょっと慣れた」

「まあ、飯屋は美味いとこも多いすよね。ただちょっと遠すぎるわ」

「ほんとさ、よく来てくれるよね」

「俺がなんでこんなとこまで来るかとか、あんた考えてなさそうっすよね」

石見くんは憮然《ぶぜん》とした表情で、追加で頼んだかぶの浅漬けを一つ一つ切り離しながらそう言うので、私はすぐに、ただで蕎麦食べれるから、と答えた。

「あほかあ、蕎麦くらい自分で食べれるわ。エースやねんぞ」

おおげさに睨《にら》みをきかせた顔を石見くんが見せてきたので、私はまた笑ったけれど、その瞬間に顔の横で揺れるピアスを感じて鬱陶しくなり、素早く手を耳にかけ、ピアスを取って雑にテーブルの上に置いた。

「そのピアス、綺麗すね」

「ほんと？　安物だよ」

「靴も安物なん？」

「うん、安かった。ハイヒール」

「え、うわ、翠さんの靴、それ汚すぎるやろ」

石見くんは唐突にテーブルの下に目線をやり、私の足元を見た後で大げさに驚いて見せたあとで、やばあ、なんなんそれえ、と言って笑った。

「仕事行くだけだから別にスリッポンでいいんだもん、会社で履き替えるし」

「ようそんな靴で俺のこと誘ってきたな」

「靴なんか関係ないじゃんね」

「うん、まあ、靴は関係ないわ。サンダルでも裸足《はだし》でもいい」

そう言って石見くんは短くなったたばこを灰皿にじりっと押し付けて、ゆっくりと私のほうを見た。私は思わず目を逸《そ》らしてしまってから、あ、と思ったけれど、じゃあ今度はこの新しいハイヒール履いてる時に誘うね、と、笑ってみせ、その瞬間、テーブルの上に置いていたスマートフォンが震え、新着メッセージが一件あります、今終わったんだけどやっぱり今日どう？　という文字が目に入った。

「石見くん」

「何ですか」

「私も、芋焼酎飲もうかな」

「飲まれへんっすやん」

「飲めるよ」

「これちょっと飲んでみいや」

石見くんが自分の持っていた陶器のグラスをそのまま私の方へ向けてきたので、そのままグラスを受け取り一口飲むと、芋焼酎の香りが鼻のあたりにぬるっと貼り付いた。

「うん、やっぱり私、ビールにしとくわ」

「いや違いが分かる感じ出さんといてくださいよ、飲まれへんだけやん」

そう言って石見くんがまた笑って、私の手からゆっくりとグラスを奪った。

「翠さん、今度さ」

「うん」

「いや、まあ、この蕎麦以外のもん、食いに、どっか行こうや」

目線を落としながらそう言った石見くんから、ふてぶてしい緊張を感じざるを得なくて、でも私はその緊張にまるで気付いていないようにして、平然と、そうだね、と返すほかなかった。ピアスを外して、汚いスリッポンを履いた状態で、パウダールームで伸ばし直した前髪などどうでもいいとばかりに飲み始めて一時間ほど経った頃にひっつめにしてしまった雑な髪型でも、そう言ってくれる石見くんを、一人の男性として見ることができれば、否、見てはいるのだろう。石見くんの切れ長の目元も、長くて綺麗な指も、それの裏返しのような愛想のない態度も、ちょうど欲しい言葉をくれるところも、少しは魅力的に感じていることも本当で、いつだって救われているのに、飾らない自分でいられる石見くんよりも、常に飾っていたいと思わされる彼から離れられないのは、愚かなことなのだろうか。

彼に振り回されることもなく、細かな傷をつけられることもなければ、石見くんを必要とすることもなくなるのだろうか。随分前からぬるくなってしまったビールを一口なめるようにして飲んで、そろそろ行こうか、と言えば、石見くんが、ほな俺トイレ行ってくるわ、と席を立った。空になった目の前の座席を見つめた後で、私はスマートフォンを手に取りメッセージを開いてから、私も今仕事終わったから行けるよ、と、返事を打った。

「かわいいなあ、女の子って感じ」

「青井とはただの友達だって何回言えば分かんの？」

拓也は鬱陶しそうに眉間に皺《しわ》を寄せてそう言って、持っていたマグカップを雑にテーブルに置くと、ごん、という鈍くて重たい音が狭いリビングに響いた。

私の恋人は、自分で苛立《いらだ》ちを抑えようとする時に必ずまばたきが長くなる。閉じている彼の瞼《まぶた》のあたりにその怒りがじわあと滲《にじ》んでいき、それが垂れ流れることのないように目に力を入れることで留めているようにも見える。そして、その不快な感情すべてを身体中から抜くようにして鼻からゆっくりと息を逃がしていく。

あからさまに私に幻滅し、呆《あき》れていることが嫌というほどによく分かるその態度が悲しくて怖くて、自分でも制御できないうちにいつもとめどなく涙が出てきてしまう。

「俺、公香《きみか》に心配させたくないから青井とも会わせてるんじゃん」

拓也は小さな箱から背の低いたばこを取り出してそう言ったけれど、私は何も言うこともできずただ溢《あふ》れてくる涙を拭い続けるばかりで、そのうちいつもの加熱式たばこの独特な匂いが鼻をかすめた。

「何が不満なの？　俺は女友達も作っちゃいけないの？」

「……そういうこと言ってるんじゃないじゃん」

「なあ、俺、お前のために青井と会う時いつもお前を誘ってるんだけど」

「私のためじゃない、なんか、私への対策をしてるように見える」

「対策ってなに」

彼がテーブルを規則的に中指で叩《たた》く音が部屋中に張り詰めていく。拓也の感情は回し車のようで、加速すればするほど中にいる私はハムスターのごとく身体のバランスを取るために、否が応でもそのスピードに合わせて自分の感情も加速させていってしまう。自分が止まればいいと分かってはいるのに、それでも動き続けるこの足も、同じスピードで回転していく回し車も、もう急に止まることの方ができなくて、こうなるともうだめだと、危ないと、後頭部の後ろあたりでずっといびつな警告音が鳴っているのに、やっぱり、と、狼狽《うろた》えているのに、全てが相反していく。

「なんで私が青井さんといつも会わなきゃいけなかったの？」

「何？　お前も青井のこと好きだっつってたじゃん」

「それは拓也の友達だからで、ていうか私、そう言うしかなくない？」

「そう言うしかないってなんだよ」

「私が青井さんのこと悪く言ったら拓也は私のこと絶対に軽蔑するじゃん」

「は？　じゃあ何、お前が青井のこといい奴だとか優しいとか好きだとか言ってたの嘘だったの」

「嘘とかじゃなくて、普通に、全然好きじゃない。ずっと、ずっと全然、好きじゃなくて、嫌だったよ、ずっと嫌で、青井さんも、青井さんといる時の拓也も、全部嫌で、全部嫌いだった」

ああ、もう、ああ、だめだ、と、分かっているのに、口から飛び出す言葉は、制そうとするもう一人の私の手をがむしゃらに振りほどいては、勢いよく飛び出して、そこかしこへと散っていく。

拓也は呆れた表情で私を一瞥し、なんだよそれ、と言った後でまた鼻から息を抜くように吐いた。その吐き出された息は小さな蛇の大群に姿形を変えて私の眼球に絡み纏《まと》わりつき、目は刺すように痛く、なお染みるようにも痛く、なす術《すべ》のない激痛にただ支配されるしかなかった。

「公香ちゃんって本当にかわいいね、女子アナみたい。あ、宇垣ちゃんに似てるよね、拓也がずっとかわいいってうるさかったんだよ。飲むたび公香ちゃんの話してて。えっ、何この謎の甘い匂い、あ、クロエでしょ、なんかモテる匂いだ、かわいいなあ、女の子って感じ。私？　私は香水とかつけないから」

＊

初めて青井さんに会った時に言われた言葉や彼女のさばけた振る舞いから、私はずっと逃がしてもらえないままでいた。

ボブの艶やかな黒い髪を自信ありげにかきあげながら、飾り気のないTシャツとジーパン姿で、拓也にあんた何言ってんのバカじゃないのと言う大きな声も、ビールを勢いよく飲む姿も、おかしな時は大きく手を叩いて口を開けて豪快に笑う表情も、そのすべてにどこか爽快感と、そして、違和感があった。

青井さんがトイレに行っている間「青井さんって拓也から聞いてたのとイメージ違ったからびっくりした、綺麗な人だね」と言えば「え？　あいつ出っ歯じゃん」と拓也は意地悪く笑った。確かに青井さんの大きな口元は特徴的だけれど出っ歯だなんて全然そんなことはなくて、むしろ大きめの前歯は小動物のようで魅力的だったし、やや上を向いたすっとした鼻は愛らしく、目も大きく、流行のマットメイクは似合っていて、出っ歯じゃん、なんて、なぜ拓也が青井さんのことをそんな風に言わなければならないのか、よく分からなかった。

「ねえ、会社からダッシュで来たら髪の毛こんな状態なんだけどやばくない？　実験失敗後なんだけど」

自身の乱れた髪を指しながらあっけらかんと笑う青井さんに、拓也は「やばいよお前、確実に何か爆発させてる」と笑っていたけれど、私は青井さんの描き足された眉毛も、重ね塗りされたアイラインも、浮いていないファンデーションにも、気付かないわけにはいかなかった。

＊

「なあ公香、青井とは本当にそういうのじゃないんだって」

「そういうのじゃないって言うのも、ずっと気持ち悪い」

「何なんだよそれ」

『そういうの』って何なの？　青井さんは『そういうの』じゃなくて、私は『そういうの』なの？」

「だからそういう関係には絶対にならないんだって、何回言えばいいの？」

「そういう関係にはならない、そういうんじゃないって、まるでそっちの関係の方が尊くて、価値があるみたいな言い方しないで。私は彼女じゃん、私は『そういうの』じゃん。今まで拓也の人生に何人もいた『そういうの』なんだよ。でも青井さんの、そういうのじゃない枠っていうのは、青井さんしかずっといないんじゃん」

「いやマジで、枠って何なんだよ。公香お前おかしいわ、落ち着けって」

「落ち着いてるよ、ずっと落ち着いてる。拓也は私より青井さんとの関係の方が大事だと思ってるんだって」

「いい加減にしろよ、話になんない」

「ずるいよ青井さん。そういうんじゃないって言葉に守られながらずっと拓也の側にいられるじゃん。私だってこんな姿、拓也に見られたくないよ。でも恋人になった以上、幻滅されて、呆れられて、怒らせて、傷つけて傷ついて、拓也に嫌われたとしても仕方ないじゃん。でも青井さんは、ずっと拓也に幻滅されることもないまま、ずっと拓也にとって大事な人でいられてるじゃん。これからもずっとそうなんだよ。交わらないように気をつけながら、大切にしながら、平行線描いてくんでしょ。それって何なの？　拓也にとって青井さんって、不可侵領域みたいなことになってるんじゃないの？　青井さんもそれを分かってるじゃん。訳分かんない理由つけて、そういうんじゃないとか言ってるけど、拓也も青井さんもずるいだけだよ。お互い恋愛対象として見てて、お互い好きなのに、この関係の価値は、恋人にならないことにあるって、恋人にならないから価値があるって、『そういうの』に成り下がることに緊張してるだけじゃん」

「公香マジで待って、あのさ、俺が好きなのは公香なんだよ」

「拓也は気付いてないふりしてるだけで、青井さんのことも好きなんだよ。分かってる」

「そういうんじゃないって」

「もう無理だって、別れよう」

「……マジでお前もういいって」

言葉も涙も止まらない中で堰《せき》を切ったようにごった煮な言葉が溢れ出て、私を拒絶したがっている鬱陶しそうな恋人の顔が目の前にあって、こんなこと言いたくなかった、そんな顔見たくなかった、そう思うたびに、青井さんはこんなことをしなくても拓也の側にいられるという事実が首のあたりをちくちくと刺し襲ってきて、痛く、むず痒《がゆ》くなり、より一層また涙が溢れて、もう逃げ出してしまいたかった。

「青井とは本当に何もない、何もないから」

「……それが嫌、セックスでもしといてくれたほうがまだ良かったんだよ」

「する訳ねえじゃん」

「そういう関係になってててくれた方が、私はまだ良かったんだってば」

「意味分かんない。あのさあ、青井なんかに嫉妬することないじゃん」

「嫉妬できれば良かった、でも私、嫉妬もできないんだよ」

「……分かった、もう青井とは会わないから。ごめん」

そう言って拓也はどこかが痛そうに瞼をゆっくりと閉じてみせて、私は頬に張り付いた涙の跡を拭うのに必死で何も言えなかった。青井さんと会われることが嫌なんじゃない。拓也にとって自分の他に大事にしたい女性がいるということを、違う形で大事な女性が付かず離れずずっと拓也の側にいることが到底受け入れられなかった。

嫉妬という二文字で片付けられるような感情だったら良かった、浮気だと責めることができれば良かった、でも私は拓也と青井さんの関係をずっと責めることもできず、傍観するしかなかった。奇妙な拓也の口ぶり、化粧直しを施した青井さんの眉尻、小さいけれど確実な違和感は、拓也が青井さんの話をするたびに私の中で苔の如く増えてぬかるんで汚く広がっていった。

「公香、ごめん、ちょっとこっち来て」

そう言って私の恋人は私の髪に触れる。涙でべちゃべちゃになってしまった私の顔周りの髪を優しく撫でてくれる。私の恋人は優しい。彼は私の恋人で、でも彼と青井さんという女性の関係は、何と呼ばれるのだろうか。

疲れたように何度もごめんと呟《つぶや》く拓也の優しさと愛情を染みるように感じながらも、きっとこれからも私たちは彼女の存在に縛られるのだろうということも確かに感じて、また息がうまくできないほどに泣くことしかできなかった。

「好きな人ができた、ごめん」

「俺は好きなんだと思う、付き合ってほしいんだけど」

半袖の服をクローゼットの奥にしまってからしばらくが経ち、すげ替えるようにして眠っていた長袖のシャツをとりだし久しぶりにそれを着た、あの日の夕方に浴びたこのふたつの言葉の威力たるや凄《すさ》まじいものだった。

言葉そのものの威力というよりも、狭く古く安い居酒屋の隅の席で、座り心地のよくない小さな丸椅子に対して何度も体勢を整えながら、尚登《なおと》は何度も唇の端を締め直し、私の目を見たかと思えば次の瞬間には逸《そ》らして、また目を見て、を繰り返し、ゆっくりとひとつひとつの言葉を選んでいたあの瞬間はまるで何時間にも感じられて、え、とか、あ、とか、そんなような言葉を挟みながら、きっちりと固められていて直すところもない前髪を何度も何度も触り、それから放たれたこのふたつの言葉は、じわりと滲《にじ》んでいくようにして、ゆっくりとしかし確実に広がっていったからこそ、今でも身体の奥のほうにべったりと張り付いて剝がれないのかもしれない。

「尚登と一緒にいると楽しいけど、付き合うとかそういうのじゃないのかも」

その後で戸惑いながらも私が放ったあの言葉に威力はあったのだろうか。何度考えても、何の威力も持っていなかったように思えて仕方がないのは、尚登はさらにそのすぐ後で、いや付き合ったら楽しいから付き合ってみよう、俺は加南子《かなこ》をすっごい大事にするし、加南子も俺のことちょっといいと思ってくれてるんなら悪くないと思う、などと、私の主張などまるで関係ないかのように、私の言葉が彼に何の影響も与えていないかのように、矢継ぎ早に言葉を紡いでいたからだった。

男性からの熱心な口説きというものは女性を舞い上がらせるものなのだろうか、そんなふうに尚登が懸命に言葉を紡いでくれることがそのうち喜びになっていき、それから二時間も経てば、ああ尚登と付き合ったら幸せになれそうかもとほのかに心は揺れ、一週間後には同じく座り心地のよくない椅子しかないあの居酒屋で、尚登の彼女になってもいいかも、と、呟《つぶや》いたのだった。

それから尚登は言葉に違《たが》わず私を大事にしてくれていた、と、思う。毎日こまめに連絡をくれ、仕事終わりに私が今日は疲れていないよと言えば自宅から二回も乗り換えなければいけない私の家まで必ず来てくれ、尚登も疲れてるんじゃないのと気にかければ、加南子のとこに来たら疲れがとれるから、と、屈託なく笑った。友人と出かける予定よりも私と会うことを優先してくれるその温度に申し訳なさを感じていることを伝えれば、俺が加南子と会いたいからしょうがないんだよ、と、余裕ありげに微笑《ほほえ》んでいた。

私が何気なく見たいと呟いた映画のチケットを知らぬ間に入手してひらひらと自慢げに見せびらかしてきた日、嬉しくてくすぐったくてたくさん笑った。自信はなかったけれど尚登が好きな食べ物だと言っていた豚角煮を作ってみた日、私のワンルームの部屋の小さなテーブルに置かれたそれを見て、うわあ、と何度も言い、三切れ食べたところで箸を置いてから真面目な顔をして「これ以上はもったいなくて食べれない」と唐突に言ってきた時、可笑《おか》しくて、嬉しくて、やっぱりたくさん笑った。

尚登は私の髪を触るたびに、加南子の髪が好きだよと言い、私の顔を触るたびに、加南子の顔が好きだよと言い、私の手に触れるたびに、加南子の手が好きだと言って、そのたびに私は身体の奥のほうから小さくて幸福な震えが生まれ、その振動は細かく私の涙腺をつついてきていつも泣いてしまいそうだった。朝が弱くて不機嫌な寝起きも、一緒に行ったスーパーの帰り道では必ずスーパーで流れていた曲を口ずさんでしまうところも、繋《つな》いだ時の大きくて骨ばった手も、笑うとあらわになる八重歯も、尚登と一緒に過ごす全ての時間が、尚登が、どんどん大切なものになっていた。

「好きな人ができた、ごめん」

＊

このふたつの言葉の威力もやはり、凄まじかったのだった。尚登と付き合いだして一年半が経った頃の蒸し暑いあの日、駅の近くの喫茶店で浴びたこのふたつの言葉は、いつかに浴びたあのふたつの言葉とは装いが違い、私自身の全てを劈《つんざ》き、それからいとも簡単に木っ端みじんにするような、痛く苦しい威力を伴っていた。尚登の様子が変わっていくのは、季節が変わるたびに、少しずつ、感じていた。

連絡も会う回数も、ささやかだけれど確実に減っていた。尚登に少しでも会いたくて、今から会えないかなと提案すれば、尚登はちょっと遠いし今日は疲れてるから、と言うようになっていた。休みの日にどこかに行こうと提案をしても、以前のように車を出してくれたり計画立ててくれることもなくなっていた。たまに会っても以前のような尚登の楽しそうな表情を見ることもなくなり、尚登が私の髪を、顔を、手を触ることも、ほとんどなくなっていた。話がある、と言われた時に、なんとなく覚悟はしていた気がするけれど、それでも好きな人ができたという報告に、なるほどです、かしこまりました、とお行儀よく言えるほど私は逞しくなかった。

どうして好きな人ができるの、と、言いかけて、そんなの仕方ないことだと、頭で心を冷やすほかなかった。先に私のことを好きになったのはそっちじゃん、と、言いかけて、そんなの何のルール違反でもないことくらい分かっていた。私ではない女性を、この人は私にしてくれたように大事にするのだと考えるだけで、全身全霊で吐きそうになった。別れたくないと思っても、一緒にいたいと願っても、目の前の人がもう自分とは離れたいと思っている以上、結論はひとつしかないという分別がつく程度には年を重ねていた。

「やなとこあるんだったら言ってよ、直す努力するから」

しばらく全ての言葉を失っていた私の口からようやく放たれた言葉は、驚くほどに震えており、目の前の人間に媚《こ》びすがる女の声色そのものだった。この言葉を放った直後の尚登の表情、それは嫌悪や軽蔑とも似て非なる、気味の悪いものを見るような目つきと、瞬時に歪《ゆが》んだ眉、その全てが私を疎んでいるかたまりでしかなかった。

尚登のその表情を目にした途端、全てを理解できてしまって心臓のあたりが雑巾絞りにされたような苦しさと不快感で、悪気のない涙は止まらなくなってしまった。この人はもう私を好きにならない、きっと私の分からないところでとっくに私のことを好きではなくなっていた。気づかないふりをしていたけれど、やっぱり最後の数ヶ月は延命治療のようなものだった。あらゆる治療の甲斐《かい》なく、どうやら明日からこの人は私と何の関係もない人になってしまうらしかった。

「そういうことじゃないからさ」

「じゃあ何なの？　すごい自分勝手だよ」

「俺が全部悪いから。それでいいよ」

「勝手に私のことを好きになって、勝手に私の気を引いて、会いたい時に会いに来て、私もまんまとすごく好きになったのに、勝手に他に好きな人をつくったんじゃん」

「だからそれでいいってば」

そう言って尚登はテーブルの上におとなしく佇んでいた伝票を必要以上の力で摑《つか》み、席を立ってどこかへ行ってしまった。本当に、どこか分からないところへ、行ってしまった。

尚登は勝手だったけれど、ちゃんと私にとって大切な人だった。女友達に話を聞いてもらおうとも、彼について過剰に悪く言われるだろうことに気が滅入ってしまってだめだった。ひどい人だと憎むこともできるけれど、素敵な人だったと、あの時間を思い出すことは、それでも、幸せだった。

＊

「それで交際に消極的なんですか？」

糸井さんがスーツの袖から覗《のぞ》くシルバーの腕時計の円盤の位置を直しながら、呆《あき》れたようにそう言った。

「消極的っていうか、まだ一年くらいしか経ってないし、今は当分恋愛とかは考えたくないんです」

「それを消極的っていうんです」

付き合うとか付き合わないとかのことを「交際」と呼ぶ目の前の男性が私に好意を抱いていることに、とっくに気付いてはいたけれど、核心に触れられないように濁し続けていたのに、糸井さんはお酒のせいもあってかやけに詰め寄ってきていた。

「なんで僕とのご飯には来てくれるんですか？」

「それは、別に、楽しいし、友達として」

「僕は柳《やなぎ》さんのことを特に友達としては見てないことはもう分かってますよね」

こういう押し方は、尚登によく似ているなあとぼんやりと思った。

「うーん、私、なんて言えばいいですか」

「自分が言いたいことを僕に聞かないでください」

「あの、正直、私、もう傷つきたくないんです。糸井さんも今はそう言ってくれても、今後何があるか分かんないじゃないですか。そういうの考えるの、もう嫌なんです」

「なんで自分だけが傷つく前提なんですか？　柳さんが僕のこと傷つける可能性もあるのにそれについては言及しない、それは自己中心的じゃないですかね」

「な」

糸井さんは私の表情を見ないままコースターの上に置かれているグラスを手に取り残りのお酒を一気に飲んだ。

「そういうことじゃなくて、なんというか。私、言い寄られて、まんまと好きになっちゃって、ってことがこれまでずっと多かったんです。それで、前の彼氏はそれまでの自分の人生の集大成というか、もう同じこと繰り返したくないって思うから、その、次は、私、自分から好きになりたいんです」

「どっちが先に好きになるなんて、くだらないことだと思います」

「私にとってはそんなことないんです」

「結局柳さんは、相手が自分に好意的であることに優越感を持っていただけなんじゃやないですかね。交際することは互いにフェアであるべきなのに、柳さんの話を聞いてると常に自分が優位でありたがっていたように思います」

「な」

「優勢か劣勢かどちらから恋を始めるかなど問題じゃありません。考え改めるべき点があるとすれば交際というものについてで――」

「あの、糸井さん、私のこと押せばいけそうって思ってませんか」

「はい？　いけそう、とは」

「私、見た目もこんなんだし、年齢より幼く見られるし、流されやすいから、それでたくさん失敗したから、だから」

「自己中心的なものの考え方だと思います」

「な、違います。というか私の話をしてるんだし私中心で当然じゃないですか」

「友達として楽しいから、というのも、何か言い訳に聞こえます。付き合う気がないならそう言ってもらって構いませんけど」

「そんなふうには」

「柳さんも曖昧で、ずるいと思います」

「ず、な、それは、テンポが違うだけのことなのに、被害者ぶられても困ります」

「被害者。なるほど。恋愛というのは加害と被害なのかもしれませんね」

「違うと思いますけど」

「僕は引き続き柳さんのことを好きでいようと思いますが、これも加害ですかね」

ふと笑ってそう言った糸井さんのそのふたつ、ふたつかどうか分からないけれど文節的に多分ふたつのその言葉は、こわばっていた何かを弛《ゆる》める溶解物質が含まれているようだった。私は思わず、威力、と呟き、それから糸井さんは、引力ですか、と、難しい顔で聞き直してきたので、あ、引力、なのかも、と、なぜだかそう思った。これが引力であればその方がきっとずっと簡単でいいのかもしれない。自認のない嫌味を発する風変わりな、横にいるこの人のことを、好きになってしまったら一体どうなるのだろうかと、そこに期待や喜びなどはなく、ささやかな恐怖のようなものが付随し、これまで楽しい気持ちにさせてくれた男の人たちとは全く違う言葉で私を口説いてくる、その男の過剰に険しげな横顔を、私はなぜか、ただ見つめていた。

「普通に生きてきて優と出会ったんだもん」

「へえ！　じゃあ、〈愛していると言ってくれ〉の世界なんですね？」

「へ？」

「ほら、常盤《ときわ》貴子と、なんか細い目の男の人の」

「え？　ドラマのやつ？」

「そうです！　知らないですか？」

「いや、原田さん世代じゃなくない？　よく知ってるね」

「だって小さい頃からすごい再放送やってましたもん、駅のホームで声だすんですよ。あ、妻夫木《つまぶき》くんのやつもありましたよね？」

「〈オレンジデイズ〉？」

「そうそう！　ミスチルのあの曲もいいですよねえ。あ、最近もありましたよね、ほら、あの、川口春奈ちゃんの」

「ああ」

「え～なんか、市川さん清い。なんかもっと筋トレとか好きなザ・男みたいな人が好きそうって勝手に思ってました。あ、彼氏さんの写真見せてくださいよ」

「いやあ、あ、スマホ、デスクに置きっぱだわ」

私がそう言うと、原田さんは、ええ、と口を尖らせて目を見開いた。その仕草も、声色も、飛び出してくる言葉も、全てが若さが持つ残酷で愚かな側面を華麗に物語っているようで、やや呆気《あっけ》にとられてしまった。今年の九月から中途で入社してきた原田さんと社内にある簡素なフリースペースで昼食を共にするのは二度目だったけれど、三度目はもう少し時間を置いてからにしようと、小さく固く誓った。

＊

「何そいつ？　何歳なん？」

キッチンから新たに冷えた缶ビールを二つ摑《つか》みながらリビングに向かってきた葉月が、眉を顰《ひそ》めながらそう言った。

「二十四歳、今年で二十五って言ってたかな」

「そんなにめっちゃ若いわけちゃうやん。きつう」

「だから話したくなかったんだよね。でも本当しつこかったから」

「そういうタイプってしつこいんよなあ。しつこく聞きたがるわりに、こっちが答えたら答えたで返し薄くて、なんで聞いたん、っていう」

「ほんっと腹立つのよ。優《ゆう》の写真も見せて見せてってしつこく言い出して」

「ああ、でも優くんの写真見たら余計に興奮して長なったやろ」

「いや、だから見せてない」

「かしこ」

葉月は笑いながらそう言って、テーブルに並んだスーパーの惣菜の蓋をテンポ良く開けてから、塩もつ煮ってこんなんやっけ、と言った。開けていったいくつかの惣菜の蓋を一つに重ねていく葉月の手元の爪は淡い緑のグラデーションに彩られており、先週会った時とは違う色になっていることに気が付いた。

「ネイル、いいじゃんそれ」

「ほんま？　海斗《かいと》はなんにも言うてくれへんかったわ」

「海斗くんにそれ求めるのやめな」

「まあね。でもその原田さんって子、なかなかやな。私からしたら、茉耶《まや》の会社に新キャラ登場って感じで、聞いてる分にはおもろいけど」

「なんていうジャンルの新キャラか分かんないよ。だいたい勘違いしてる。なんでろう者だったら筋トレしてないと思ってるわけ？　優はそこらへんの男よりガタイいいし、めっちゃいいジム通ってるわ」

「ん、でもそれって結局あんたの好み当てられてるってことちゃうん。やるやん、原田」

「やめてよ」

ぷすっ、という葉月が缶ビールのタブをめくった音が鳴り、それを合図に私も同じくタブをめくる。お疲れ、と言ってから私たちは缶を当てあうこともせず、グラスに注ぎ直すこともせず、缶のまま最初の一口を飲んだ。

「え〜市川さん清い〜じゃねえんだよ。あ、ダメ、なんかめっちゃムカついてきた。イメージでしか喋ってなさすぎる。私だって優にいっぱい腹立つとこあるのに、ああいう言い方されたら、なんか私がすごい聖人でいなきゃいけないみたいな感覚になるし、別に、普通に恋人と喧嘩するとかってあることじゃん。ムカつくこともあるじゃん。なんかそういうのいっさいない、純粋無垢《むく》なラブストーリー、みたいな前提で話されるのうざい」

「まあしょうがないやろ、普通に生きてたらろう者と出会うこともないんやし」

「ちょっと待ってよ、私だって普通に生きてきたってば。普通に生きてきて優と出会ったもん」

「そやな。なんやろな」

「なんやろなって何よ」

「ちょお、もう私に当たってくるん勘弁してや。ほい、これ食べて」

「これ買ったの葉月でしょ、えっまずっ」

「最悪やん」

葉月は私がつまんだ塩もつ煮の容器を、私食べへんわと言いながら、私の方へとずずっと寄せた。

「優くんとはどうなん?」

「別に、微妙。だって優、自己中なんだもん。また来月のフリマ行きたくないとか言うし」

「ええ? 先月もその話してなかった?」

「そう。そっから派生して、優も逆ギレしてきてマジ大喧嘩で。基本自分勝手なんだよ。前に話し合った時にはこれからも行くようにするって言ってくれてたのに、約束守ってくれないってことじゃん」

「優くんはなんて言ってたの?」

「自己中は茉耶のほうだ、って。私なんで『自己中』っていう手話も覚えなきゃいけないの？　知らなくて良くない？　なんで理解できちゃってんの？」

「おもろ」

「おもろくない。全然おもろくない。泣きながら、いつもそうやって、約束守ってくんないじゃんって。いちいち信じてる私はどうなんのって。そしたらゆっくり『茉耶、もう一回言って』って。伝わってないんじゃん、私いつまで手話うまくならないんだよ。だいたいさ、手話でなんか伝えようって時にニュアンスすごい難しいのよ。こっちがどれだけ、どれだけ我慢しながら」

「はい終了。それ終わり。うちらキリなくなる」

そう言うと葉月は、春雨サラダはあんたが買ったんやから食べ、と、あのスーパーで春雨サラダを買ったことは初めてだったのに、いつものことのようにして笑った。

＊

私も葉月も「障がい」と呼ばれるものを抱える恋人がいる。私の恋人は生まれた時から全く耳が聞こえない。葉月の恋人は生まれた時から他人の気持ちを慮《おもんぱか》ることが不可能なのだという。私が知らなかっただけで実にさまざまな「障がい者」と呼ばれる人たちがこの世に大勢いるらしかった。そして優や葉月や海斗くんと出会うまで私は一度もそう呼ばれる人たちに出会った経験がなかったこと、それはなぜなのかということ、私は恋人とどのように向き合っていくことが適切なのかということ、そんなようなことを、優と知り合ってからの三年ほどは毎日のように考え続けていた。

「え、葉月、私たち弱音も、言っちゃダメなんだっけ」

「茉耶のは弱音じゃないねん、愚痴」

「だってさあ」

「分かるよ」

葉月は缶ビールを口元に持って行き、くっと顔をあげて飲んだ。それから手に力を入れて缶を少し潰し、とん、という音を鳴らしてテーブルに置くので、まさに何か言いたかったことを言おうとしている様子がもう既にありありと伝わってきていた。

「前も言ったけどさ、優くんも頑張ってくれてるやん。茉耶のリクエストに応えてくれてる方やと思うよ」

「でも行きたくないって言い出してるし、もはや応えてくれてないじゃん」

「フリマの時さ、優くん一人になってるん茉耶も分かるやろ？　合流してすぐくらいはみんな優くんのこと気にかけたり、手話で挨拶したりしてるけど、そのうち自分の言いたいことが手話で表現できひんことが面倒になって優くんに誰も話しかけへんくなっていくやん。私でもそういう時どうしてええか分からん時あるし。優くんから聴者に話しかけることも難しいやろうし、聴者同士が楽しそうに喋ってるのを見るしかない時間もうちらが思ってるより絶対多いんよ。茉耶が聴者のイベントについてきて欲しいって言ってるなら、手話ができる茉耶がいつもちゃんと入ってあげないと」

「うん、まあ、うん、そう、そうなんだけど、でも、優だって頑張ればいいじゃん。もっと言えばさあ、なんでみんな手話できないの？　英語とおんなじような言語手段じゃん。義務教育に入れろよ」

「手話に関してはそう。でも、優くんに対してそういう考え方しか茉耶ができひんなら、優くんがかわいそうやで」

「え、私は？　私もかわいそうじゃない？　どうしたらいいの？　ずっと優に付きっきりでフリマやってかないといけないの？」

「極端やし自己中やん」

「えぐ」

私がそう言えば、葉月はまた笑った。葉月は、優しい。こういう時、いつもそう思う。優の立場も理解することのできる想像力があって、私の気持ちにわざと共感を示したり示さなかったりしながらも寄り添ってくれる。そしてそんな葉月が選んだ海斗くんという彼女の恋人もまた、とても優しいことを、私は知っている。

「海斗くんは？　どう？」

「相変わらずよ。こないだ大喧嘩になってさ、私も悪かったなと思って、でも直してほしいとことか文字にしなあかんからさ、手紙書いたのよ。ごめんとかも含めて、でもこういう時はこうしてくれたら嬉しいとか、とはいえあんたのことは好きやしこういうとこ助かってるとか、Ａ４のコクヨ便箋四枚分。想い込めて書いて渡して、海斗が読んで、なんて言ったと思う？」

「え、ありがとうとか？」

「ううん。手紙読んで『うん、読んだよ。じゃあおやすみ』っつって、寝た。寝んなや。何がやねん」

「え待ってよ、嬉しかったよとか、俺はこう思うからこうでとか、ないわけ？」

「ないない、虚しい。でも『普通』を要求するのが健常者の傲慢やねん」

「ねえ健常者とか言わないで」

そして葉月は笑って席を立ち、キッチンに向かって新たな缶ビールを取り出すために冷蔵庫のドアを開けた。

海斗くんと付き合い始めた当初、葉月は彼が障がいを抱えているとは露ほども思っていなかったのだという。人と少し違うところが多くある海斗くんのことを好きになり、人と少し違うところが多くあるゆえに衝突が増えていき、一度は別れたこともあるらしかった。海斗くんが自閉スペクトラムと呼ばれる発達障がいを抱えていると葉月が知ったのは彼と別れてから少し経った後で、葉月は全てが腑に落ち、それならばと離れることではなく、それを理解した上で彼と一緒にいることを選んだ。葉月は優しく、強く、逞しいが、過去にはカサンドラ症候群という、自閉スペクトラム症者のパートナーと適切な意思疎通ができる関係を築けずに思い悩む状態に陥り、不安障がいなどの症状にひどく苦しんでいた時期もあった。

それでも、葉月は今は海斗くんと共に生きていく時間を選んでいる。葉月が海斗くんのことで思い悩んでいる姿を見るたびに、葉月にはもっといい人もいるのに、と、思わないといえば嘘になるけれど、それでも葉月が海斗くんを選び続けるほどに、海斗くんが優しく、また、海斗くんも葉月のことをきちんと愛していること、でもそれが障がいによって上手に表現できていないだけだということを、私も、痛いほどに知っている。

「茉耶にはもっと合う人おるかもな」

「えっ」

椅子に座るよりも前に缶ビールを既に飲みながら葉月がそう言うので、私は驚いて春雨サラダを取る手が止まった。

「葉月なんでそんなこと言うの?」

「だって揉《も》めてばっかりやん。優くんのどこが好きなん」

「え、まあ、顔が好きっていうのから入ったけど、優しいし、面白いし、一緒にいて楽しいし、仕事頑張ってるとこも好きだし、誠実だと思ってる、すごく」

「ほなフリマついてけえへんくらいええやん」

「まあ、うん、いやそうなんだけど」

「優くんもろう者とばっかりつるんでたらいいとは思わんけど、優くんが聴者とだけコミュニケーションとらなあかん場所におけるストレスを、茉耶がもう少し理解してやれたらいいのかもね」

「それって、私だけが理解すればいいの?」

「あ、ごめん。」

「や、そういう意味じゃなくてね」

私がそう言うと、葉月は、でもほんま手話覚えれるようになってきたで、と、笑った。

私たちが、どのくらい障がいを持つパートナーと上手に向き合っていけるのか、いつか疲れきってしまう日がくるのか、反して言えば彼らが、いや、優が、聴者と付き合い続けることに疲れきってしまう日がくるのか、それは分からない。今はまだ想像もつかないような傷を互いにつけ合ってしまう日がくるのかもしれない。どれほど時間をかけても理解し合えない根幹の部分があるのかもしれない。でもそれは、パートナーが障がいがあるからという、それが理由なのだろうか。分かりやすい理由を探しているのは、いつも私たちのほうなのではないか、と、自問しては、答えらしい答えなど出ないままでいる。

「私、海斗に、障がいにあぐらかいてんなよって言ったことあるで」

「つっよ」

「でもね、そもそもあぐらかいてんのはこっちかもしれへんかも、とか、こっちとかあっちとか、そう思うこと自体がちゃうんかも、とか、なってきて謝ったけどね」

「海斗くんなんて言ってたの?」

「トイレ行ってくる、って言ってた」

「マジ海斗くんだね」

「んはは」

「てかこないだ優もさあ……」

「克則さんって昔からそうなの」

英理子《えりこ》さんは姿勢が綺麗だった。

背筋をすっと伸ばして顎を引いて佇《たたず》む姿は、見ているこちらの背筋が思わず伸びてしまうほどで、さらにセミロングの栗色の髪は毛先まで艶やかで、化粧は薄いのだけれどスキンケアがきっと丁寧なのだろうと思わせられる美しさがあり、白いワイドパンツに合わせて羽織っている浅い朱色のシャツは、シンプルだけど洗練されているように見えて、その装いだけでも萎縮してしまうには十分だった。

「お仕事帰りで疲れてるでしょう、ごめんね」

そう言って英理子さんは困ったように微笑《ほほえ》み、私は反射的に、いいえ、と言ったけれど、その瞬間に自分の足元の履き潰したパンプスが目に入って気が滅入りそうになる。

「ここはルイボスティーが美味《おい》しいの。お腹が空いてたらガレットも頼む?」

そのゆったりとした穏やかな口調には否が応でも品性というものが付き纏《まと》う。あ、じゃあルイボスティーを頂きます、と言って席に座りながら、英理子さんの肌の色とよくマッチした薄付きの桜色のリップを眺めていた。カルチャー誌から飛び出してきたような観葉植物だらけのこのオーガニックカフェにもしなやかに馴染んでいる英理子さんを見て、新卒の頃に買ったスーツをこれでもかと未だに着ている自分はここに溶け込めているのだろうかと、ゆるやかに居心地が悪くなった。

オーダーしてからしばらくすれば、やたらに動作の遅い店員が、そのルイボスティーというものを、仰々しいティーカップと共に運んできてから、やっぱりやたらにゆっくりと私の目の前にティーポットとティーカップを置く。ポットを持ち上げ、カップへお茶を注いでいるうちにどうにも分不相応な気分にはなったものの、一口飲めば、その爽快感と妙な甘みに驚いた。

「あ、不思議な味で。あの、とても美味しいです」

「良かった、おすすめなの」

そう言って英理子さんは両手を合わせた後で、彼女の前に置かれているアイスコーヒーをゆっくりとテーブルから持ち上げて自身の顔の近くへと運んでいた。

＊

「真緒《まお》さん、それ素敵な眼鏡ね」

「これですか？　いえ、あの、安物です、ずっと使ってるもので、ここの丁番《ちょうばん》も緩んじゃって」

「あら、じゃあちょうどよかったかもしれない」

そう言って英理子さんは鞄からひとつの白い封筒を取り出し、ごめんなさいね、と、私の目を見つめながらはっきりとそう言った。

「知らなかったのよね、真緒さんには申し訳なくて。本当にごめんなさい」

「いえ、その、英理子さんに謝って頂くことでは」

「妙な話なんだけど、私も慣れちゃって」

「あ、それは、その、そうなんですね」

「克則さんって昔からそうなの、遊び屋で。だから気にしないで」

「そう言われましても、私」

「ご迷惑おかけしたから、これだけでも受け取って頂きたくて」

「いや、そんな」

「いつものことなの」

英理子さんは小首を傾《かし》げながら、催促するようにもう一度私に向かって微笑んだ。その笑みに安らぎはなく、薄いけれど明らかな、かつ朗らかな圧力が存在していて、私は「はあ」と情けない声を出して封筒に手を置くしかなかった。

「あの、私なら、大丈夫です。もう二度と克則さんと会うこともありませんし、連絡先も消しています。あと、本当に知らなくて、あ、いえ、知らなかったとはいえ、英理子さんにも不愉快な思いをさせて、ご迷惑をおかけしてしまったこと、本当に申し訳なく思ってます」

「いいえ、真緒さんが謝ることじゃありませんから」

「なんていうか、でも克則さんは」

「私ね、もうすぐ子どもを迎えに行かなきゃいけないの。よければ、せっかくだしゆっくりして行って」

そう言って英理子さんは横に置いていた小さな革製のバッグを手に取り、お会計はこちらで済ませておきますから、と微笑んで席を立った。私は何も言うことができず呆気《あっけ》にとられるようにして、颯爽と店を出て行く英理子さんの凛《りん》とした後ろ姿を見つめることしかできなかった。そして、そのまま英理子さんの姿が見えなくなった頃、私は既にこの辺りに到着していた一時間ほど前のことをゆっくりと思い出していた。

*

英理子さんと会う時刻より一時間も早く到着してしまった私は、駅前の古い喫茶店の二階、窓際の小さな席で時間を潰していた。SNSを覗《のぞ》く気にもならず、事情を知る友人に連絡する気にもならず、どうでもよいコーヒーを飲みながら、ただ窓からロータリーを歩く人々をぼんやりと眺めていた。コーヒーが冷めてきた頃に、窓の外を見ると美容室から颯爽と出てきた一人の女性の姿勢がとても美しくて目を奪われた。ああ、あれは英理子さんだったのだと、観葉植物だらけのオーガニックカフェに現れた彼女を見て、一目で気が付いた。

あの克則さんが昔から女遊びが激しい訳などないことは分かっている。私を口説くのもじれったくて、ホテルの選び方も雑で、雰囲気の良いバーのひとつだって知らなかったような中年男性だ。取り柄らしいところもなく、いつも損な役回りを押し付けられ、面倒な業務を頼まれても文句のひとつも言えずに引き受け、調子のいいおべっかも気の利いたジョークも言えない。でもふとした相槌が優しくて、感謝されることもないのにいつも誰かの失敗の尻拭いをして、いつかどこかのお土産でくれたクッキーをたった一度美味しいと言えば、何度もそれを差し入れてくれ、そのシャツ素敵ですねと言っただけでこちらが戸惑うほどにはにかむ、克則さんの、そんな不器用なところに、惹かれていってしまった。

その証拠のように、私と付き合い出してすぐに奥さんに、ことが知れ渡ってしまい、私にもその全てを白状したのではないか。英理子さんの写真を見たのは克則さんが離婚などしていないと知った日で、化粧っ気がなく、ラフなTシャツを着込んで、セミロングの髪は白髪が目立っていたけれど、快活に笑う英理子さんはやはり背筋が美しく伸びていた。英理子にはもう口をきいてもらえない、義母とも性格が合わない、真緒ちゃんとずっと一緒にいたい、と、情けなくこぼしていく克則さんが嘘をついているとはどうしても思えなかったけれど、私には「数年前に離婚している」と言っていた事実も確かにあって、とはいえその嘘もすぐにばれているのだから何とも言えず、私が会って好きになっていた克則さんは何面のうちのいくつなのだろうかと分からなくなり、そのうち疲れて考えることをやめてしまった。

克則さんにもう会わないと告げた時、彼は子どものように泣いた。手の甲でずるずると涙を拭いながら、きちんと言葉にできないままこちらに何かを伝えようと声をあげて泣いていた。仕方のない人だと呆《あき》れたけれど、見放すことも難しかった。

英理子だって僕のことはもう嫌いなのに、僕がいるだけで鬱陶しそうにするのに、意地になってるだけなのに、と、泣き続ける彼を眺めながら、だったら英理子さんと別れてみてくださいとでも言ってみようかと思ったけれど、ばかばかしくなってやめた。

この目の前のさえない中年男性が一心に私を慕ってくれていたことは、きっと真実だったのだろう。そしてこんな男性を亭主に持った女が日々苛立《いらだ》ちを抱えることもまた、真実かもしれないと思った。英理子さんが克則さんをもう要らないと言えば、克則さんのところに戻ろうと決めていた。あの哀れな中年男性のもとへ駆け寄り、もう要らないんだって、と、いじわるのひとつでも添えて、抱きしめてあげようと思っていた。でも英理子さんは、決して克則さんを手放さなかった。

英理子さんが私と会う時刻の前に美容室に行っていたのは偶然なのだろうか。家から遠く離れたこの駅の美容室から出てきたのは、どうしてだったのだろうか。終始余裕の面持ちだったのは、本当に余裕があったからなのだろうか。白い封筒を取り出して「いつものことだ」と微笑んで真っ赤な嘘をついたのは、なぜなのだろうか。

傍目《はため》からは見分けがつかない、英理子さんが手放さないその理由が、がらくたでなければいい。克則さんがきちんと愛され、心がふっと軽くなる居場所が家の中にあれば、きっとそれでいい。私のような立場の人間がそう思うことさえ許されないかもしれないが、好きになった人が実は既婚者だったなんて別によくある話で、たまたま私も貧乏くじを引いてしまっただけで、全てを忘れて素早く切り替える他に方法などないということ位、よく分かっている。

ただ、英理子さんが彼を粗末に扱うのならば、私に欲しい。だったら私に欲しい。そんなどこにもあらわにすることのない言葉が溢《あふ》れてきながら、ひどく不味《まず》いルイボスティーを一気に飲み干して唇を乱暴に拭った。

「ごめん、疲れた」

贅肉《ぜいにく》、それは醜くて汚らわしい。

己の意志の脆弱《ぜいじゃく》さを可視化するように怠惰の象徴として身体に纏《まと》わり付き、女性としての価値を無残にも奪い取っていく。肌の皺《しわ》や弛《たる》みも同様に忌々しく、私たちからいとも簡単に美しさを溶かしていくけれど、こと贅肉においては意志の元に管理されているはずだ。この世界では抗《あらが》うべきものに抗えなくなった者から順番に死んでいくのが常であることに気がついたのはいつ頃からだったろうか、軽はずみに足を踏み入れたこの世界では、美貌そのものが猛威をふるい、それらを中心にしてあらゆるものはくるくると回っていくのだと、明確な境界線なく、滲《にじ》むようにして心得ていったのだ。

持っている全てのものを振り翳《かざ》すべく常に物足りなげに飢えているような男性陣と、容姿の美しさの前では畏敬の眼差しで平伏する女性陣、そしてそのどちらもが、何も持たざる醜いものを前にしては、冷徹なほどに徹底的に軽蔑をあらわにする。特に女性において「美しくない」という、たったそれだけのことが、たやすく侮蔑の対象となるのだということを肌感覚で知っていく、そういう世界が、私の住む世界だった。

＊

「私は美しく、強く、成功している」

授賞式の控室に置かれた全身鏡に映る、鮮やかなロイヤルブルーが映えるベアトップのマーメイドドレスを身に纏い、華美なジュエリーを耳や首や指に飾った自分の姿を見ながらそう唱えれば、不思議と爪先から伸びるように力が漲《みなぎ》ってくる感覚に陥った。

贅肉が一切ないこの白くすべやかで華奢《きゃしゃ》な腕や足は紛れもなく大衆の憧れであり、手のひらに軽々とおさまる小さな顔からすらりと伸びる鼻とアーモンドの形をした吊り目気味のこの大きな目は人々を恍惚《こうこつ》とさせてきた。この圧倒的な美しさによって私は女優として羨望の眼差しや賞賛を受けることを許されてきたのだと、鏡の中の女性は改めて教えてくれる。

そして今夜の授賞式において、他の女優ではなく私が最優秀主演女優賞に選ばれることができれば、そのトロフィーはこの世界で生きていくための盾となり矛となる。もう既に手にしているこの美しさ以外のその明確な武器は、私の女優としてのキャリアを決定的なものにしてくれると考えられ、わずかにそれを想像するだけでも興奮とも緊張とも適しない、まるで味わったことのない高揚感に全ての神経を支配されてしまいそうだった。

「紗代子《さよこ》さん、緊張されてますか?」

所属する事務所が雇っているヘアメイク担当の背の小さな若い女が私に声をかける。目に映すことも億劫《おっくう》になるほどその女は太りきっており、小さな顎からはふたつもみっつも別の顎が地面に向かって伸び、手首などは発酵が十分だと思えるほど膨らみきっていつ見ても安い菓子パンのようだと感心する。流行というだけで似合っていない下瞼《したまぶた》を赤くする化粧も、傷《いた》みきったむらの目立つ黄色の髪の毛先を無視するようにして頭頂部でずさんに団子に結わえている髪型も、まとまりのない原色ばかりが散らばった悪趣味な服装も、洗練されていないその姿はまさに醜いものだった。

「ううん、緊張よりも楽しみという気持ちが勝ってるかな。ご心配ありがとう、加藤さんはいつもよく気がつくから助かってるの」

そう言って私がゆっくりと唇の端を上げ、目尻を下げてやれば、その醜い肉塊は恥ずかしそうに笑みを嚙《か》む。若さを軽んじ、女性であることの喜びを放棄している不潔な肉塊が笑みを浮かべたところで、誰を幸せにすることもできなければ対価を払われるわけでもない。彼女から微かに漂うグッチのギルティのような香り、それもきっと本物ではないであろう安っぽさを纏うそれは、彼女自身の存在を皮肉っているようだった。

「あ、そういえば紗代子さんニュース見ました？　めいみさん、あ、植村めいみさんがご結婚されるって」

ヘアメイクのために準備された化粧台へ着座すると、女はブラシを持った安い菓子パンをせっせと動かして私の髪の毛先を滑るように触りながら言った。

「えっ、めいちゃんが？　そうなの」

「紗代子さん何度か共演されてましたよね？」

「うん、かわいらしくていい子よね彼女。でもまだ若いのに」

「夕方の速報で見たんです、驚きました。それも石井準一さんと」

「石井さん？　へえ、そうなの」

「意外ですよね。石井さんってもっと美人なタイプが似合うんじゃないとか思っちゃって」

「そう？　そんなことないじゃない、めいちゃんも素敵よ」

「ええ、でもなあ。石井さんってヘアメ界隈にもファン多いから暴動起きちゃいそうなレベルです。マジでロスです」

そう言って女はヘアアイロンのコードを自分の首にかけ、私の髪の毛先を少量手に取り熱を伴ったアイロンで整え始めた。

植村めいみは舞台出身の、幼く地味な顔立ちの役者だった。もちろんテレビドラマで主役を張るような役者ではなく、かといってバイプレイヤーとして脇で個性が存分に出るほど灰汁《あく》の強さを持つタイプでもないため、出世していった周囲の脚本家や監督らからその人柄の良さで仕事に呼ばれているような、朴訥《ぼくとつ》さが目立つ種類の女だった。彼女と準一が付き合っていたなんて、一体どこの誰が知っていたことなのだろうか。

*

準一と交際していたのはたったの一年ほどだった。モデル出身のすらりとした高身長にさっぱりとした薄い顔立ちで、物腰が柔らかく誰に対しても優しく接する彼は共演したドラマの現場でも女性陣から人気が高く、そんな彼からあからさまに好意を示されるのは悪い気分ではなかった。年齢はさして違わないけれど役者としてはまだ経験の浅い彼を、現場での番手が高い私が少し気遣うだけで嬉しそうにする姿は可愛く、彼が私にのめり込むことは簡単だった。

交際が始まってからも私が会いたいと言えば次の日がどんなに早くても会いに来て、私の行きたい所には当然のようについてきた。紗代子さんの隣にいられるだけでいいのだと微笑《ほほえ》み、私の好みの髪型を維持し、もう少し筋肉をつけてよと言えば滑らかにジムに通い始めた。私が納得いかなかった現場の出来事や共演者の話をいつも困ったように笑って聞いていては、そうなんだね、大変だねと静かに答えていた。

だからだろうか、半年を過ぎた頃から彼に「そういう言い方はあんまりなんじゃない」と窘《たしな》められることが増えた際には無性に怒りが湧き、どうして分かってくれないのか、何が分かるのかと責め、彼を試すような言動を繰り返しては彼が私の元に戻ってきて丁寧に謝ってくるたびに安心感を覚えていた。否、あれは安心感だったのか、優越感だったのか、今思えばよく分からない。思いの儘《まま》になってくれていたからこそ、そうではない瞬間の彼が許せなくなっていった。私という人間の価値、私と交際することの価値を、常に彼の言動によって感じさせていて欲しかった。

＊

「ごめん、もう無理だよ」

私の部屋のリビングで突っ立ったままそう言った彼の姿は、鮮明な一枚の写真のようにして、今もまだそのまま瞼の裏に馬鹿みたいに張り付いている。

「何が無理なの、とりあえず座ったらどうなの」

「いや、ここでいい。ごめん、もう別れたい」

「勝手なこと言わないでくれる、そっちが先に」

「ごめん」

「ごめんじゃなくて。何？　どういう意味？　浮気してんの？」

「そういうんじゃない。もう、ごめん、ほんと」

「何？　言ってよ。迎えに来るの待ってた私の気持ちになってよ」

「うん。だから、ごめん」

「じゃなくてちゃんと言ってよ、じゃないと」

「ごめん。紗代ちゃんのこと本当に好きだったけど、俺にはもう、ごめん、疲れた」

そう言って力なげに額を触った彼の手の隙間から見えたのは、私の横で幸せそうに微笑んでいた彼ではなく、見たこともなく知りもしない男性が苦悶する、痛々しい表情だった。

「出てって」

口を衝《つ》いて出た言葉は恐ろしく冷徹で静かな声色を共にしていた。準一は大きく息を吸い込んでから身体を翻し背を向けてリビングのドアを開け、まっすぐに玄関へ向かって行った。

「もう二度と顔見せないで、もう二度と会いたくない」

彼が私の言葉を持ち帰ってくれるように、私の言葉は矛先鋭い刃を向けて彼の背中をめがけて刺しに向かうようだったけれど、それが掠《かす》ったのかどうかさえ曖昧なまま、静かに玄関のドアの閉まる音だけがリビングに響いていた。

それから準一と連絡がとれることはなく、仕事で共演することはおろか、二人でよく行っていた店にもぱたりと顔を出さなくなったのだという。従順だった男に背を向けられたことが許せなくて執着しているのだろうということは自分でもある程度理解していたけれど、理屈を整えたところで気持ちが鎮まるわけではなかった。

私がより美しくあれば、否が応でも彼の耳に届くような華々しい活躍を見せていれば、彼がまた私の存在を気にしてくれると、また準一は戻って来ると、そう思っていた。そうすれば私たちはきっとまた上手くいく、そう信じていたけれど、現実は、全く美しくもなければ華々しい活躍の片鱗すら持たない、得体の知れない平凡な女と結婚するのだという。私より、彼女が、優れているのだと、彼は、そう判断したのだ、と、いう。

＊

「うわあ、紗代子さん、すごく綺麗」

いつの間にかアップヘアにされ、化粧を施された鏡に映し出される私の姿は自分でも息を呑むほどに美しく、ヘアメイクの女のその言葉を皮切りに、周囲にいたスタイリストやマネージャーからもため息のような賞賛の声がふらふらと降り注いできた。

「こんなに綺麗だったら無敵ですね、生まれ変わったら紗代子さんになりたいなあ」

肉がぎっしりとのった頬骨をぐねぐねと動かしながら菓子パン女がはつらつとそう言った瞬間、太ももの付け根、胃よりももっと奥底の方から虫酸《むしず》が猛烈な勢いで走り、身体中が一瞬にしてかっと熱を持ったのが分かった。大量の小さな蟻《あり》が身体中に這《は》いかぶさってくるような嫌悪感に襲われ、それらに勝手に四肢を支配され動かされぬように奥歯をぎっと嚙み鼻から呼吸をしようとしたけれど、鼻の穴から小粒の蟻を猛烈に吸い込んでしまったようで反射的に息を止めるしかなかった。みるみるうちに首元のあたりが苦しくなり真っ赤になっていき、指は小刻みに震えている。大粒のダイヤモンドが光る指輪をしているその手が目に映ったけれど、蟻が伝うその宝石は私を安らがせるどころか得体の知れない虚無感と憎悪を与えるのみだった。

「紗代子さん？　緊張しないで、いつも通り、リラックスリラックス」

私の指先からあらゆるものを伝い蟻は菓子パン女にも這っていくが、いくら群がれどそれが彼女を覆いつくしてしまうことはなかった。口の中にもさらさらと流れるように侵入していく大量の蟻たちを、彼女は気にもとめずに美味《おい》しそうに、くちゃくちゃと、不細工な形の唇を湿らせては呑み込んでいた。

「ええ、ありがとう」

ゆっくりと微笑みそう呟《つぶや》いた、鏡に映っている厚化粧の女性は、動くたびにゆらゆらと輝く首や耳元のジュエリーに照らされ、より一層美しく黒く光っている。楽しんでくるわね、と満面の笑みを作った鏡の中の女の佇《たたず》まいは、反吐《へど》が出るほどの三文芝居だった。

「紙ストローって誰のために存在してんの」

「それで、このバッグ買ってもらって許すことにした」

舞美《まいみ》ちゃんは自慢げにするでも、落ち込んだような雰囲気でもなく、至って淡々と、青いワンピースの華奢《きやしや》な膝の上におとなしく乗っている小さな布製のキューブ型のバッグの取っ手を軽く摑《つか》みながらそう言った。

「ええ、そんなポンとセリーヌ買ってくれるわけ？　結局、安西さんってそういうところ優しいよね」

平たくて大きい派手な皿に置かれた量の少ないドレスドオムライスを慎重に崩しながら一花《いちか》が言う。その口元には以前までは気にならなかったシミらしきものがうっすらとあらわれ、顎のあたりの皮膚はその肉の重みに耐えきれなくなったみたいにして少しだけゆるみだしていた。

「優しかったら浮気しないじゃん、結婚してから何回目だよ浮気すんの。その度にコートとかバッグとか買えばいいと思ってる感じもあるし、マジ結構キモいよ」

黒く艶やかな長い髪をするりと耳にかけながら、舞美ちゃんはカフェラテが入ったグラスにささっているストローまで自分の顔を持って行き、そのストローの先を分厚い唇ですぽりと挟んだ。ストローを追うために視線を落とし伏し目にした舞美ちゃんの睫毛《まつげ》は、カールの形がやや異常で以前よりも人工的な毛束の量になっていた。

「そうかなぁ、バッグ買ってくれるなんて結局舞美のことめっちゃ好きってことじゃんね、桃ちゃんもそう思わない？」

「ねえさ、紙ストローって誰のために存在してんのマジで」

一花が私の方を向いてそう尋ねて私が何かを言うよりも前に、カフェラテをひと口飲み込んだ舞美ちゃんが眉間に皺《しわ》を寄せ、私たちの同意を促すようにして私と一花の顔を交互に見つめて言った。ふと自分の手元にあるグラスを見ると、舞美ちゃんのグラスにささっているものと全く同じものが凜《りん》とした姿勢でアイスコーヒーの溜まりからぐんと背筋を伸ばしていた。

「美味《おい》しい飲み物も美味しくなくなるんだよね、これ」

「分かる、変な味引っ付いてくるよねえ」

舞美ちゃんの意見に一花が大げさに舌を出してみせながら同調し、私は試してみるかのごとく右手でグラスを手に取り、左手の指でそれを挟み、改めて口をつけた。グラスの底の方に溜まっていたアイスコーヒーが、筒状のざらざらした質感の紙の間を通り抜けてきて自分の唇に触れる。確かに紙質めいた味が加わり、更にそんなに舌ざわりも良くないそれは口の中に軽度の不快感をもたらし、飲み終えた後もどこか段ボールを口に入れたような、そんな感覚が残る。

「ほんとだ。でもこれ、環境にいいんでしょ?」

「いくら環境に良くたって、さ」

私の言葉を瞬時に舞美ちゃんは撥《は》ね返し、つまんだ紙ストローを疎ましそうにくるくるとグラスの中で回していた。

＊

「舞美ちゃん、いいな。羨ましい」

店を出て三人で地下鉄に乗り、乗り換えのため先に霞ケ関駅で降りた舞美ちゃんの後ろ姿を一花と見つめながら、思わずそう呟《つぶや》いてしまった。

「まあね、わかるよ。旦那さん稼いでるし、なんだかんだ舞美に優しいもんね」

電車のドアが閉まり、ゆっくりと動き始めると、改札へと向かうための階段を上ろうとしている舞美ちゃんの姿が一瞬、窓から見えた。手に持っていたあのバッグはやはりよく目立ち、地下鉄の背景からはとても浮いているように見えた。舞美ちゃんはどんな気持ちで家を出る前にあのバッグを手に取ったのだろうか、どうして私たちとランチをする場所にあのバッグを連れてきたのだろうか。その後すぐにトンネルに入ったのか窓の外は黒くなり、先程まで霞ケ関の駅のホームが広がっていた電車内の窓には突如として私と一花が肩を並べて座っている姿が映し出された。

「ま、でも、桃の旦那さんも優しいじゃん。穏やかだし、しっかりしてるし」

「うん、まあ」

「ん。何？　あんま上手くいってないの？」

「いや、そんなことはないと思う」

「そんなことないんじゃん」

けらけらと笑う一花が正面の窓に反射する。その隣で少し笑っている私がいる。窓に映るこの女性たちは、それなりにおしゃれをして、化粧をして、髪を巻いて、いやらしく若造りしているおばさんたち、そのもののようだった。

＊

「めっちゃ疲れたわぁ、意外と小林が酒癖あんまり良くなくてさ」

ややを赤らめて帰ってきた慎也はスーツのジャケットをソファの背中に置いてネクタイを緩めながら困ったようにそう言った。

「小林くん？　意外だね、しっかりしてそうなのに」

「うん、なんか後輩の女の子に変な絡み方しだしちゃってさ。両者なだめるの大変で」

「そっか、落ち着いて終わったの？」

「いや、無理やり両方ともタクシー乗せて終わり。あいつら明日めっちゃ気まずいんじゃん？　な。風呂溜まってる？」

「ううん溜めてない。いつになるか分かんなかったから」

「え。あ、そうなんだ。俺帰る前に連絡したけど、だめだったかあ」

「今日さ、午前中病院行ってきたよ」

「そうなんだ。どうだった？」

「どうだった？」

「え？　あ、ごめん電話」

そう言って慎也はスマートフォンを手に取り、寝室に向かった。寝室からは、高橋が飲むのはいいけど周りに気を遣わせたのがまずかったなどと話す慎也の声が聞こえてくる。いつものように私が手に取るまでじっと待ち構えているかのような姿でソファに放置されている慎也のジャケットを見つめながら、一体これは誰の物なのだろうかと考えそうになってしまい、奪うようにして摑《つか》み取った。

＊

「ゴミ、出しといたよ」

朝起きてリビングに出ると、既にワイシャツを着てスーツのズボンを穿いた慎也がキッチンに立ちコーヒーを飲みながらそう言った。テレビには賑やかな情報番組が流れており、出演者が何かを食べて美味しいだの食感がどうだのとやけに騒いでおり、リビングにはほのかにバターの香りが残っていた。

「ああ、不燃？　溜まってたっけ？」

「え？　いや溜まってた訳じゃないけど」

「そうだよね」

「あのさぁ」

慎也は右手に持っていたマグカップを、やや大袈裟《おおげさ》にシンク横に音を立てて置いた。

「俺ゴミ出してんだから、不燃溜まってたかどうかの前に、まずありがとうじゃないの?」

そうして慎也はしばらく私の顔を見つめ続けた後で、はあ、と大きなため息をついて「行ってくるわ」とだけ言い残して当然のようにスーツのジャケットを羽織って家から出て行った。油断していたら、ごめんなさい、と言ってしまいそうで、唇の端をきゅっと結び、キッチンに向かえばそのままにされていたバターナイフが、やっぱりこちらをじっと見つめていた。

*

店員に渡されたプラスチックのカップには、あの紙ストローがささっていた。

病院の診察時間まで少しあったため立ち寄った馴染みのある安価のチェーンのコーヒーショップだったが、ここも侵食されていた。「侵食」と、ごく自然にそう思ったのはなぜだろうか。やけに堂々とカップの口から背を伸ばすそれを見つめながら、あんたは悪い人じゃないのにね、むしろどう考えたっていい人なのに、と、思いながらストローの先に唇をつけると、やはりざらっとした感触が広がり、カップに入っているカフェモカのいつもの甘みに不必要な紙繊維の味が混ざっていた。私の不快感など意にも介さぬように、正しさを纏《まと》い堂々としているそれを見つめていると、これを嫌だ、と思う私が、きっと間違っているのだろうと感じ、何か覚悟を決めるようにしてから、もう一度、その先に口をつけた。

＊

誰もいない広いリビングで何度も大きく深呼吸をする。ソファに慎也が座っている姿、あるいは廊下からまさに寝室に入ろうとしている後ろ姿、はたまたダイニングで食事を終えていつものようにシンクまで食器を持って行くその瞬間、この家の中で数多く見てきた慎也のさまざまな姿を想像しながら、練習をする。慎也、話があるんだけど。この声のトーンでは暗すぎるだろうか。慎也、話をしてもいいかな。これではこちらがへりくだりすぎだろうか。慎也、お願いがあるんだけど。こんな言い方をしたら彼の逆鱗《げきりん》に触れることは分かりきっている。

慎也、と、呼ぶ時、私はいつも彼を愛していた。たった五年前、慎也が小さな会社で事務をしていた私に馴れ馴れしく話しかけてきた時は「三葉《みつば》商事の営業部の方」と呼んでいた。それから数人で食事をした時は「谷口さん」となり、二人で会うようになってからは「慎也さん」になり、彼を好きになってからずっと、それはもう長い間、私は彼を「慎也」と呼んでいた。彼を「慎也」と呼ぶ私は、いつも彼を愛していたのに、ここにいない彼を想像しながら、慎也、と、呼びかける練習をしている私は、とっくにもう、彼を愛してなどいなかった。

舞美ちゃんを羨ましいと思ったのは、高価なバッグを与えてもらっていたからではなくて、それよりも、数多くの離婚できる理由を与えてもらっているように見えたからだった。いっそ慎也が浮気でもしてくれればそれは簡単だけれど、慎也は決してそんなことはしない。暴力も振るわなければ、暴言らしい暴言も吐いたりなどしない。借金歴もなく無職でもないどころか、大手に勤めて出世街道というものに乗れているのだという。人当たりもよく、社交的で、飲みの付き合いは多いけれどちゃんと終電では帰ってくるし、朝にゴミも出してくれ、食べ終わった食器は必ずシンクまで持って行ってくれる。なのに、いつからか、当然のように、私にはざらざらとした感覚が残るようになっていた。彼の、ふとした一言や行動から、自分が軽んじられていると感じることは確実に増えていき、自分が贅沢《ぜいたく》なのだろうか、身勝手なのだろうか、我儘《わがまま》になってしまっているだけなのだろうかと自問自答を繰り返していくうちに、別れを選ぶための分かりやすい理由があれば幾分楽だっただろう、とさえ考えるようになった。私には彼と離れるための分かりやすい理由がなかった。この違和感を丁寧に言語化することもままならぬまま、結婚してから三年が経とうとしている今、私はこのざらざらとした不快感に耐えきれなくなっているらしかった。

ドアノブに外側から鍵が刺さってくる音は、私の心臓にも同時にぐっと刺し込まれたように感じた。ドアノブはやや乱暴に回り、すぐに開いたドアからはいつものようにスーツ姿の慎也の身体が覗《のぞ》く。玄関に入りきってないまま「ただいま」と言う彼に、私は、慎也、と、呼びかけた。

＊

「ちょっと、あんまり訳分かんないかな」

慎也は苛立《いらだ》ちを隠すことなくボールペンの先でテーブルを秒間隔で叩《たた》いていた。このリビングに立ち込める酸素はまるで吸ってはいけない煙のようで、吸い込めば吸い込むほど意識が遠のいていくみたいだった。それでも、練習を重ねていたのは一日や二日ではなかった。もう一年ほど前から、毎日、毎日、一人になったこの空間で、ずうっと、していたことだった。

「分からなくてもいいから、捺《お》してくれたら、いいから」

「いやお前どうしたの？　そんなことできる訳ないじゃん。ちゃんと説明しなきゃ」

「説明？」

「当たり前じゃん。別れたいって、こんなもん持ってこられて、それしかさっきから言ってないんだけど。俺に落ち度があるならそのことさあ、ちゃんと説明してくれないと、一緒に解決できるもんもできないじゃん」

「落ち度とか、じゃ、なくて」

「じゃあ何なの」

「じゃあっていうか」

「言わないと分かんないじゃん。桃っていつもそうじゃん。俺がいつも先回りして考えてあげてきたこととか分かってる？」

「病院」

「え？」

「病院、通ってた。私には、なんの問題もなかった」

「は、それって、俺のせいで、子どもできないって言いたいの？」

「そうじゃなくて」

「じゃあ何なの？　子どもできないのが俺のせいって分かったから別れたいって言い出してんの？　だったら相当やばくない？　これ、性別逆で考えてみなよ、お前すごい酷《ひど》い選択しようとしてるんだよ」

「そうじゃない」

「じゃあ何だよ」

「先に決めつけてたのはどっちなの」

「何が」

「子供ができなくて、私にだけ原因があるって、先に決めつけたのは慎也で、一緒に病院にも行こうとしなかったのは、どっちなの。なんで私が、酷い選択をすることになるの」

　息を吸い込むたびに、あの煙は肺の辺りで固まってへばりついて重たくなるようだった。うまく息ができなくなり、言葉を発しようとすると本意ではないのに涙が滲《にじ》んできそうで、また慌てて空気を吸い込み、肩のあたりまで広がるように、ゆっくりと呑み込んだ。

「あのさ、お前さ、不満があるんだったらちゃんと言わなきゃじゃん。いきなり別れようじゃなくて、その都度言わないと、分かんないじゃん」

「私は、言おうとしたよ」

「言おうとしただけで、言ってないじゃん。じゃあ分かんないじゃん」

「聞こうともしてくれてなかったよ」

「桃。言おうとした、聞こうとした、っていう喧嘩って不毛じゃない？　とりあえず話聞くから、この紙は捨てて」

そう言った慎也の向こう側には、昨日とも一昨日とも一年前とも変わらぬ姿で、ソファの背もたれに彼のジャケットが今日もよりかかっていた。

「捨て、ない」

「いい加減にしろよ、俺ら結婚してんだよ？　意味分かってる？　責任がお互いにあんじゃん」

「そういう言い方は、しないで」

私がそう言った瞬間に、慎也は舌打ちをし、瞼《まぶた》を閉じて大きくため息をついた。彼は正しい。彼の言っていることは、いつだって正しい。私が間違えているのかもしれない。いつも、きっと私が間違っているのだろうと思わせられ、ただ、それだとしても、もうどうでも良かった。私が大きな間違いを犯している真っ最中だとしても、彼と離れることができるのであれば、それは、きっと、正しいことのはずだった。

「な、桃。今、お互い感情的になってるから。俺も急に言われて驚いてるから、ちょっと冷静になってちゃんと話し合おう。桃が俺と今すぐ離れたいってんなら、しばらくお前実家に帰っててもいいし、疲れてんのかもしんないし、ゆっくり休みな」

「私」

「え？」

「私、が、休むの？　私が、病院に行って。私が、休んで。ゴミも、私だけが出した物なの？　ジャケットは、慎也のものなのに、私が、しまうの？　慎也は？　私だけが、いつも、間違ってて、慎也は、どこにいんの」

「どこって」

「どこ」

「桃、あのさ」

「別れてください」

頭を下げた私が、正しいかは分からない。今、目に映るこのテーブルの上に無理やり連れてこられたようなこの紙切れの存在が、私のためになるのかも分からない。稚拙で、忍耐弱く、根性がない私に問題があるのかもしれない。さまざまなことは、不確かだった。ただ、いつも正しいようにそこにいる彼のそばに、もうこれ以上いられないという自分のこの気持ちだけは確かで、ふと脳裏に浮かんだ舞美ちゃんと一花は、きっと、私のことを責めるのだろうと、ぼんやりと、そう思っていた。

「大野」

「どうでもいい人だったら俺こんなとこ来ないからな」

さらりとした黒い前髪をすっとかきあげ、身体ごとこちらを向いてから大野がそう言うので、思わず笑ってしまった。

「今のって、ドヤ顔？」

「お、いや、そんなんじゃないけど」

大野はそう言って笑ってからジョッキに手をかけて目の前に到着したばかりの三杯目のビールを持ち上げ、その縁に口をつけた。小さな割烹《かっぽう》料理屋のカウンターには私と大野の他に、四十代くらいの男性が端で一人で焼酎を飲んでいるのみで、店内に薄い音で、どこかで聞いたことがあるような邦楽が、テンポの遅い琴バージョンで流れていた。

「これって、西野カナの〈会いたい〉？　だっけ？」

私が大野にそう尋ねると、大野は、何が、と言った。

「ほら、これ、流れてる曲」

「え、こんなんだっけ。HYじゃない？」

「あ。私分かった。加藤ミリヤの会いたいっていっぱい言うやつだ」

「そうなの？　俺それ知らないかも」

「なんで加藤ミリヤの曲をお琴で弾きたくなるんだろうね」

「これ琴なの？　三味線じゃなくて？」

「三味線なのこれ？　だったら、もっと何で？」

「俺に聞くなよ」

そう笑うと大野は自分のほうに置かれた刺身の盛り合わせ皿を私の方へと少し寄せてくれ、そして皿を持つその手首には、あまり見たことのないデザインのオリエントの腕時計がぶらさがっていた。

「それ、文字盤が透けて見えるんだね」

「あ、これ、なんかシックすぎなくていいんだよね。人とかぶらないし、あと絶妙に嫌味っぽくもならないし。浦田もその時計いいじゃん」

そう言われて意識を自分の左腕に向けると、引っかかっているのは細い黒革ベルトの安価なものだった。そうかなと言いながら、久しぶりにまじまじと見つめると時計盤のガラスに一本の短い傷がすっと斜めに入っていることに気がついて、あ、と、思った。

「俺も彼女つくろうかな」

かき揚げどんぶりを平気な顔で序盤に頼んだ大野は、先端がやたらに細くなっている箸を上手に使いながら、白飯の上にのっかっているかき揚げをさくりさくりと順調に割りながら言った。

私の真横で、視線をどんぶりに落としている彼の鼻筋はすうっと高く、パーマがかかった真っ黒な髪を何度も耳にかけ、そしてそのたびあらわになる左耳についているいくつものピアスは、薄暗い間接照明ばかりの店内できらきらと反射している。彼はこのピアスの反射にも私の視線にも全く気づく気配のないまま、黒目が印象的なまあるい目を伏せて懸命にかき揚げを割っていた。

「いい子いないの?」

「いないことないけど」

顔色ひとつ変えずに大野ははっきりとそう言ったのに、どうしてこうもそれは小さくて硬い嘘だということがありありと伝わってくるのだろうか。彼の一挙手一投足は、全てが私の気をひこうとしているものだということくらい、きっと、私じゃなくてもあからさまに分かるのに、彼はまるで何も知られていないというような顔で、全て隠し通せているというような佇《たたず》まいで、淡々とそう述べる。そしてそれは、とても、かわいらしく思えて、それでいて、時々、不憫《ふびん》にさえ思えることだった。

＊

大野はいつからか、それはもうずいぶん前から、ずっと、私のことが、なぜか、とても、好きだった。そして、これが私のとんでもない勘違いじゃなければ、今もなお、相変わらず、とても、好きなように見える。なぜだかは分からないけれど、それは時々、申し訳ないと思うほどに、彼の私への好意は、ひどく分かりやすかった。

私は彼の好意をいやというほどに自覚していて、それでいて応えることからはうろうろと避け、自分の気分が落ち込み誰かに優しくしてほしい時、誰でもいい時、その誰かの枠組みになぜか大野がすとんと入り込む時、ただひたすらに大野に全身で寄りかかってしまっている。そして彼も、そんなはしたない私の行いを、どういうわけだかむやみに理解している。応えるつもりのない大野の好意に、自分の都合で甘え、寄りかかり、時に突き放して、それでもまた、変わらずそこにあるこの無垢《むく》な存在に、やっぱり優しくしてもらうことを、やめられないままでいた。

「そんな喧嘩ばっかする彼氏、何がいいの」

「分かんない」

「別れたら?」

「うん」

「あー、これまた別れないな」

大野はわざとらしく意地悪げな笑みを作ってそう言ってから、たばこに火をつけた。

「嫌いになんないの? 彼氏のこと」

「嫌いだよ」

「嘘つけ」

「なんで」

「変だよ」

「なにが」

「お前、全然大事にされてないと思うよ」

「うん、そうだね」

「ほんとに。普通、彼女が辛《つら》い時とかしんどい時に突き放すようなことしないよ。めんどくさいけどそばにいてやるだろ、辛い時期って分かってんだったら。男としてのセンスがねえよ。例えば、彼女が生理中だったら男は優しくしてやるじゃん、辛いんだから、こっちに分かんない辛さ経験してんだから、クソみたいな八つ当たりされたってムカつくけど耐えれるじゃん、生理中なんだし仕方ねえか、ってなるじゃん。なんでそいつは生理どころかもっと辛いこと重なってる余裕のないお前に、そんな仕打ちするんだよ。辛い時期で余裕ねえんだろうなって普通思うよ。なんでそんなことすんの」

「知らない」

「自分のことしかマジで考えてないんじゃん。それ二十代後半の男がやることじゃないよ」

「いやさ、でも私も悪かったんだよ。辛いこと重なっていっぱいいっぱいで彼に気を遣えてなかったし、冷静に話し合う余裕もなくて」

「関係ない。お前は悪くない。お前そういうとこあんだよ。気なんか遣わなくていい。お前は今生理なんだから仕方ない」

「生理じゃないんだけど」

「そんくらい、それ以上に辛い思いをしてるからこういう状態になってるってことをアドバンテージだと考えるのが男の普通のセンス。そのことをそいつもちゃんと知ってたんだからなおさら。お前はマジで全然大事にされてない」

「何回も言わないでよ」

「貧乏くじすぎ」

「やめてよ」

「俺だったら」

「もういい」

気がつけば、半分に取り分けられたかき揚げが目の前に置かれていた。大野は優しい。いつもこうして大きいほうを私にくれる。でも、私の恋人は、私にどのくらい食べるかを聞いてからいつも取り分けてくれていた。

大野を好きになろうとしたことは幾度もあった。今の恋人とうまくいかない時も、前の恋人とうまくいかない時も、大野みたいな人を、大野を、好きになれたら、どれほど愛だの恋だのというものはシンプルで快くて簡単で円滑だろうかと考えては試みて、大野をむやみに期待させては土壇場で踵《きびす》を返して逃げ出していた。佐知子ちゃんはいつも、あんたは大野と付き合ってみたほうがいいと言うし、由美さんはいつだって大野と飲んでいる場に私を誘い出そうと連絡を入れてくる。そういえば橋本くんは少し怒っていて、大野はかっこいいしモテないことないんだからマリちゃんが思わせぶりな態度をとらなければいい彼女ができるはずだときつく言われたこともあった。

横にいる大野を好きになりたいと思うのは、傲慢なことなのだろうか。恋人とうまくいかない時だけ大野の気持ちや存在を利用する私を、なぜこの人はそれでもこうも優しく扱ってくれるのだろうか。そしてそんな大野と、恋人とを、いつも比べてしまう私の悪癖は、誰かにいつか厳しく裁かれたりするものなのだろうか。

「ごめん、言いすぎた」

「ううん」

「泣くなよ」

「泣いてない」

「ほら、拭いて」

そう言って大野は自分のおしぼりで私の顔を拭いてくれる。大野は優しい。でもね、大野、そのおしぼりは、顔を拭くものじゃないんだよ。私の恋人は、私が泣いてしまったら、店員さんにティッシュをもらって、私のために数枚出してくれて、そんなことを、また、ふと、思い出してしまった。

「なんで笑ってんの」

「ううん、なんでもない」

「女って情緒不安定な生き物すぎるだろ」

大野、そういう物の言い方は、気に入らないと思われるよ、大野。

「大野、そういう物の言い方は、気に入らないと思われるよ」

「えっ？　何が」

「女って、とか、ちょっと下げる発言」

「あっそうなの、ごめん。そんなつもりじゃなくて。嫌な気分にさせたの？」

そしてもう一度ごめんなと言ってからすぐに、大野は、俺これ食っていい？　と私に尋ね、私が答える前に揚げなすをひとつ、やっぱり上手な箸使いで綺麗に摑《つか》み取った。

はた、と、いう、音がした。大きな木から枝が折れて、地面に着地するあの瞬間のような、静かだけれど落ちたということははっきりと分かる、あの、はた、という音だった。大野は私の不満など大したことないかのように、まるで足元に落ちているゴミをさっと拾ってゴミ箱に入れるかのように、軽やかに処理をした。それは、私の些細《ささい》な不満というものが、本当に糸くずのようなものであること、だからこそその程度の反応で充分であることを、唐突に、あの、はた、という音とともに、分かってしまった。その瞬間、大野の左耳のピアスの反射は、そこかしこに散らばっていって、手元にある半分になったかき揚げどんぶりのことも、ちらちらと照らし始めた。

「大野」

「何」

「これ飲んだら、行く？」

「え待って、機嫌悪くなってる？」

「いや全然。なんか楽しい」

「てかまだ泣いてるじゃん」

「いやこれはなんか、さっきの残り」

「浦田って本当に彼氏のこと好きだよな」

「大野が私のこと好きなんじゃん」

「は、きっつ」

そう言って大野は笑って残っていたビールを飲み干した。さっきまで横にいた大野とは違う大野が、さっきまで横にいた大野と全く同じ動きで、うねった髪をすっとかきあげた。

「駅まで送って行こうか」

大野、そうじゃないんだよ。

「大野、そうじゃないんだよ」

「え？」

大野、帰んなよって言ってみて。

「大野、言ってみたことある？」

「うん？」

「帰んなよ、とか」

「え、キムタク風に？ってこと？」

大野、ずれてるよ、大野。

「大野、ずれてるよ、大野」

「なにが？」

「大野」

「わけ分からん、なに」

「なんか今日、もう一軒行きたい」

「おん？　おん」

大野、おん、じゃないんだよ、大野。

「大野」

「何回言うんだよ」

「軽蔑しないでほしいんだけど」

「うん」

「このまま私のこと、頑張って口説いてみたら？」

「は、きも、何それ」

「はあ」

「いや俺、お前のこと口説かなかったこと一回もないと思ってるけど」

「大野」

大野。

「大野」

「もういいって。なに？」

「大野の匂い、こんなんだっけ」

「おん？　おん」

おん、じゃないんだよ、大野、と思った次の瞬間には、左横の椅子に置いた鞄の中から震え出したスマートフォンに気が付いた。私は恋人からもらった腕時計が巻きついた左手で、恋人の名前が表示されたスマートフォンをそっと摑み、しばらく画面を眺めていた。

「あ、これ」

大野が唐突に声を出し、私が瞬間的に画面から目を離して大野の横顔を見つめると、彼は真剣な面持ちで天井の方を指差しながら「X JAPANの、〈紅《くれない》〉だ」と呟《つぶや》いた。私はしばし耳を澄ましたあとで「X JAPANの良さも、琴の良さも、出てない気がするね」と言って、大野は「だから三味線だって」と笑って、その時には、もう、大野が大野でなくなっていたような、気が、する。

「朝美ちゃん、ハワイ、行こうか」

「ね、いつかハワイ行こうよ」

横に座る大地《だいち》さんが、カウンターのなかで手際良く魚を捌《さば》いていく職人の手つきをぼんやりと眺めながらそう言った。

「なんのために？」

「なんのためとかないよ。のんびりできるかなって」

「静岡でも十分できてるよ」

私がそう言うと大地さんはふふっと目を細め、職人が目の前のカウンターテーブルに置いたこはだを慣れた手つきで摑《つか》み頰張ったあとで「東京から東伊豆までと、東京からグアムまで、ほとんど移動時間一緒なのに」と笑って言った。

「え、じゃあそれハワイじゃなくてグアムじゃない？」

「ハワイとグアム同じようなもんじゃないの？」

「ええ、違うよ。全然。うーん、でも別に一緒なのかも」

「お飲み物どうされますか？」

品のいい白シャツを纏った女性店員が背後から話しかけてきて、私たちはようやくシャンパンのボトルが空になっていることに気がついた。

ああもう空けちゃったんだ、と、大地さんが参ったように笑って、私も笑った。

「シャンパンもう一本飲む？」

「ううん、私、日本酒にしようかな」

「あ、いいね、じゃあ俺も」

そう言って大地さんは焦茶色の皮のカバーで覆われた薄手の縦長いメニューを開いて日本酒の名前を眺めはじめる。目の前の銀色のアイスバケツの中には空になったシャンパンボトルが所在なげに傾いており、その首からは「10th Wedding Anniversary」と書かれたゴールドのチャームがぶら下がっていた。

＊

大地さんと初めて会ったその瞬間から、この人ときっとどうにかなるのだろうという根拠のない予感に大きく支配されていた。

　奥多摩のキャンプ場に学生時代の旧友たちがそれぞれの家族同士で集まり、大きなバーベキューセットを囲んでいた八月の盆休み、大地さんは自身の細身の体型によく合っている白い半袖のシャツと浅い青色のジーンズをさらりと着こなしていて、軍手をはめた手でバーベキューコンロを熱心に触っていた。私は予定よりも少し遅れて参加したために、到着した時にはもうある程度の料理が出来上がっており、到着するやいなや焼きたての肉や野菜を友人たちに促されるままにただひたすらに食べていた。大地さんのことは何度か写真で見たことはあったものの、それが彼かどうかは確信が持てないまま、コンロの近くで何かを焼き続けている大地さんをちらちら見つめ、しばらく経って大地さんがトングを持ったままこちらまで来た時は、ああ、きっと、彼だ、と、主語がないままにそう思った。

「あさみ、さん、ですよね？　宮沢大地です。奈美の、あの」

「あ、彼氏さんですよね。長田《おさだ》朝美といいます。奈美と中学時代からの友達で」

「はい、お話は聞いてました。今日、旦那さん来れなくなっちゃったらしいですね」

「そうなんです、仕事が立て込んでるみたいで」

「朝美さんのご夫婦の話も、いつも奈美から聞いてたから会いたかったです。スポーツマンなんでしょ?」

「いや、水泳のコーチやってるだけで」

「大地! お肉買ってきてくんない?」

少し遠くにいた奈美が、缶ビールを片手に持った状態で大地さんに声をかけ、間髪を入れずに大地さんは奈美の方を振り返り、だからもうちょっと買おうって言ったじゃん、と呆《あき》れたように笑う、それから奈美は続けて私に、あー、そのワンピースいいじゃん、と快活に手を振ってみせた。奈美は黒く長い髪を高い位置で大雑把にお団子に結っており、耳元にはゴールドのフープピアスが揺れていた。髪を結い、無防備にあらわになった額には皺《しわ》らしい皺など全く存在しておらず、私は思わず、前髪で隠している自分の額を少し触った。次の瞬間に大地さんがもう一度振り向いて、私の方を見てから「あいつ、いつもああでしょう」と困ったように笑った時には、もう、心臓の動きかたがおかしくなっていた、ように、思う。

それからすぐに、奈美から大地さんにプロポーズされたことを聞き、私はこれまでの数々の女友達に言ってきたようにおめでとうと告げて、当然のように二人の結婚式にも出席した。二十代は仕事に没頭していた奈美がウェディングドレスを身に纏ったのは三十三歳の時で、私を含め多くの友人たちは二十代でそれに袖を通していたけれど、奈美は、これまで見てきたどんな花嫁よりも、ひどく美しかった。

　奈美と大地さんが夫婦になってから、私たち友人の集まりに大地さんが顔を出す頻度は一層増した。気が強くて自己主張のはっきりとしている奈美をいつも微笑《ほほえ》みながら見守っている彼の表情も、奈美の家で数人で食事を終えた後に私がペットボトルのラベルを剝がしてゴミ箱に捨てていると、どこからか駆け寄ってきて、いつも気がつきますよね、ありがとうございます、と言ってくれるあの声も、リビングで酔って寝てしまった奈美に毛布をかけながら奈美の顔を見つめる眼差しも、奈美の友達の中で朝美さんが一番話しやすくて、と、控えめに笑った顔も、涼しげな目元も、大きめの鼻も、日に焼けてごつごつとした手も、さまざまな大地さんを、嫌でもこの目に焼き付けてしまっていることになどとっくに気がついていたけれど、理性がよろめいてしまいそうになるたびにぎゅっと目をつぶり頭を振ってそれを正しい位置に戻してきた。夫のために作る料理、洗う皿、乾かす衣服、これが大地さんのものだったらという非道な思いが巡りそうになればまた頭を振って、家の中をぐるりと見渡し、自分の居場所を強く、強く確認し、じっと鎮めてきた。そのうち大地さんに会うたび、その手に、顔に、髪に触れたくなってしまう自分が煩わしくて、気持ちが悪くて、奈美が、大地さんが、いそうな場に行くのはとんとやめてしまった。

奈美が私に二人で会いたいと連絡してくる時は、昔から変わらず大抵似たような内容だった。大地さんと付き合い始めた時からも仕事関係の人たちと何度も浮気していたことは聞いていたけれど、私は決してそれを誰にも、もちろん大地さんにも話すことはせず、他の誰かのように彼女を叱ったり呆れたりすることもなかった。そして結婚してからも、奈美は、変わることができなかった。私に連絡をしてきては大地さんに嘘をついて他の男の人と会ったのだという話を楽しそうにしては、大地は私のこと信じきってるから大丈夫、と、無邪気に笑っていた。私が何もしなくたって天罰はくだる、はやく地獄に堕《お》ちればいいのに、と、思いながら、私は彼女を見つめていた。

＊

ある晩に大地さんから電話がきた時、奈美が浮気しているみたいなんだけど何か知ってるかなと言われた時、どこにいますか会いに行きますと言った時、震える声で大地さんがいいんですかと答えた時、私がピアスをつけて化粧をして夜遅くに家から出て行くことにさえ夫が興味を示さなかった時、ふたりきりでバーカウンターで肩を並べて座った時、経緯《いきさつ》を私に説明する苦しそうな大地さんの横顔を見つめていた時、少しの時間で数杯を二人ともが飲み終えた時、朝美さんみたいな人と結婚すれば良かったのかなと大地さんがこぼした時、もう、だめだった。いくら頭を振って正しい位置に戻したところで、脆《もろ》く薄い自制心やこの理性は、雪崩《なだれ》のように音を立てて崩れてしまった。こんなのは最低だ、こんなことしていいはずがないと、自分をいくら責めても、それでも、一度ちからなく倒れ込み粉々になってしまった正しさというものを元の位置に戻すことは、もうできなかった。

　学生時代からの友人の奈美と、結婚して五年になる夫、その二人を欺くことは、この人生において他には代え難い大切な二人と、そしてそれに付随するさまざまなかけがえのないものを失うかもしれないということだった。そうやって何かを天秤《てんびん》にかけ、何かを恐れ、何かを後悔しながら、それでも、私は、私たちは、会うことをやめる決断ができないままでいた。

　奈美だって浮気している、それも一度や二度じゃなく、大地さんを先に欺いていたのは、そして今もなお欺き続けているのは奈美の方じゃないか。夫だって私のことは何も気にかけていない、彼に悪気がないことは十分に理解しているけれど、私たちに子どもができないと分かってから私のことをきちんと大事にできていなかったことにだって責任はあるのではないか。時々、無性に奈美や夫を責め立てたくなり、私たちだけが悪い訳ではないではないかなどと本気で考え込んでは、どういうわけか虚しくなってしまい、考えることをやめていた。気がつけば、私と大地さんは二人きりで会うようになって一年が経とうとしていた。

ある夜に大地さんは、俺も朝美さんとこうなってしまったし奈美を責められる立場じゃないよ、と、吐き捨てるみたいにして笑った。大地さんが奈美を、それでも愛しているということなど吐き気がする程分かっていた。大地さんはきっと奈美にきちんと愛されたいと思っているだけだろうということ、いくら酷《ひど》いことをされても奈美のことを嫌いになれず、私と会っているのは、私への愛情からくるものではなく、寂しさを紛らわしたり奈美の前で平常心でいるための特効薬みたいなもので、つまり、奈美のためでもあるというように感じる瞬間が、目を背けられないほどに多かった。一方で私は、いっそ、などというやけくそめいた言葉から始まる願望に囚われる瞬間ばかりで、規律正しく生きてきたつもりだった自分が、こんなにも馬鹿げたことを考えてしまうことに嫌気が差すことも多くなっていた。

十字架を背負うということが罪のあらわれだとするならば、これが十字架だったら幾分らくだったのだろうかとさえ思える。穢《けが》らわしい秘密を抱えることは、なんの手入れもされていない石塊が胸のあたりに忌まわしく張り付いて身体と同化していき、日に日に歪《いびつ》で頑丈な石巌《せきがん》が身体に巣くっていくようだった。そしてそれに苦しむことさえ、苦しいと助けを求めることさえ、許されるはずのないことだと、分かっていた。

＊

「このシャンパン、奈美が好きなやつ？」

「ああ、まあ、記念日だったから。でももともと奈美は東伊豆で記念日なんて嫌だって言ってたから、まあ、他の予定優先されても仕方ないのかもね」

「奈美はどこで過ごしたいって言ってたの？」

「どこで。あ、うん、ハワイ」

「そっか、ハワイ、ね」

「朝美ちゃん、ハワイ、行こうか」

「行ってどうするの」

笑いながら自分でそう言った瞬間、行ってどうするの、という言葉の矛先は自分に向かって鋭く飛んできてしまった。行ってどうするのか、この先どうするのか、このままどうするのか、何も分からないまま、友人の結婚記念日に友人の夫と友人のために準備されたシャンパンを飲んでいる。どこか笑ってしまうほどに、どう考えたって下劣で非道で許されることではないと、頭では分かっているのに、どうしてこのまま明日にならなければいいという思いを止めることができないのだろうか、こんなの、一体どうするつもりなのだろう、どうするも何ももうないではないか、ただ、その瞬間に私のスマートフォンからパンという音が鳴ってふと画面を見れば奈美からのひとつのメッセージが表示されており、私の心臓は大きく動いて、一息ついてからゆっくりと四角い機械を裏返しにした。

「ねえ大地さん」

「うん?」

「ハワイ、今から行こうか」

「今から?」

そう言って笑った大地さんの手元にあるスマートフォンからは軽快に着信音が鳴り出し、その陽気な音はまるでこれから私たちをどこかへ誘《いざな》うための出囃子《でばやし》のようにも思えた。天罰がくだるよ、はやく地獄に堕ちればいいのに、そう思っていた私は、誰だったのだろうか。この出囃子に乗って明転《めいてん》で飛び出し挨拶を終えて戻ることのできる場所は一体どこなのだろうか。今まさにスマートフォンの画面を確認しようとしている大地さんから目を逸《そ》らすようにしてふと視線を投げた店の窓には、東伊豆の夜空が小さく滲《にじ》んでいた。

「春香、それで良いのね」

「ね、あっちに人あつまってるよ」

ショッピングモールのフードコートで昼食をとった後、四階の子供服フロアへ行こうとしていた際に春香が私の手を握ったまま遠くの方を見つめてそう言った。そのまま彼女が見つめる先に視線をやれば、確かに吹き抜けの中心部にあるイベントスペースのような所に人が集まっているように見てとれた。

「本当だね、何かあるのかな」

「お母さん知らないの？　お父さんなら知ってる？」

「どうだろね、聞いてきてごらん」

私がそう言うなり春香は素早く私から手を離し、私たちのやや前を歩いていた夫と貴弘の元へと走る。春香は、おとうさあん、と言いながら小さな身体で大袈裟に夫の足にぶつかるようにして突撃し、そのせいで手を繋いでいた夫と貴弘の手は瞬間的に離れ、夫は突然の小さな衝撃に戸惑った様子で、えっ、と漏らしながら春香を見つめる。そんな彼の反応を見て春香はあどけなく笑い、そしてまだ幼い貴弘は二人を見て、きっと訳も分からずに同じように笑っている。

じきに八歳になる春香は随分としっかりとしてきて、それでいてとにかくお喋りが好きでここ最近でより一層快活になってきた。比較的物静かな方であると自覚している私と夫から、どうして彼女のような活発な人間が生まれるのだろうかと不思議に思うものだが、ゆえに私たち家族は彼女の明るさや朗らかさが頼もしく思える夜が幾度もあった。一方で五歳になったばかりの貴弘はとても大人しくおっとりしており、夫は頻繁に貴弘の性格はお母さん似だね、と言うのだが、私は貴弘ほどおおらかではないよと妙な謙遜をいつもしているほどである。

「お父さんもわかんないよ、何かやるんじゃやないの」

ぶっきらぼうな物言いに反して夫の表情はどこか嬉しそうで、春香は、お父さんっていつも何も知らないじゃあん、と軽快に笑い、貴弘もそれにつられるようにして笑う。育児のある生活、代わり映えのない忙《せわ》しない日々の中でその幸福に気づけぬ瞬間があることも確かだが、夫と子どもたちが何気なく笑いあっているその光景こそが私を穏やかな心地にさせてくれる泉のようなものであることもまた、確かであった。

「行ってみる?」

夫が振り返って私に尋ねると、春香がすぐに、行きたあいと声を上げる。彼女が何かをねだる時に小さな身体を横に揺らす癖がついたのはいつ頃からだっただろうか、そのポニーテールは無邪気にさらさらと揺れている。

「ううん、行かない。春香、遠足の靴買わなくちゃいけないいんじゃないの?」

「靴はあとで買えばいいじゃあん」

「夕方にはおばあちゃんも来るから今日は早く帰らなきゃいけないから」

「ええ、ねえ行きたあい。タカも行きたいでしょう?」

春香に唐突に尋ねられた貴弘は、やはり何も訳など分かっていないだろうに、ゆっくりと、うん、と頷いてから、私の方を振り向いた。

「ねえ、お母さん、いい?」

「ほうら、タカも言ってるう」

そうして春香が意味もなくジャンプを始め、貴弘もやっぱり意味もなくつられてジャンプを始める。こうなると言うことを聞かないことはもう分かりきっていた。

「じゃあお母さんは先に四階行ってるから、お父さんと行っておいで」

「そう? すぐにそっち向かうよ。ピアノのリサイタルとかだったらすぐに飽きるだろうし」

夫は私にそう告げてから、じゃあエスカレーターまで早歩きね、と、子どもたちに言い、即座に子どもたちはきゃあと声を上げて一斉に早歩きを始め、何が面白いのか次第にけらけらと大笑いを始める。

「後で連絡して」

そう言った私の声が聞こえたのか聞こえていないのか分からないまま、三人はただ前を向いて、一階へと続くエスカレーターへと吸い込まれて行った。

*

一人で四階のフロアを歩いていても、中心部の吹き抜けのあたりから一階で行われているのであろうイベントの音楽や拍手が鳴り響く音が時折聞こえてくる。目当ての子ども用の靴売り場に向かうために歩いていたパサージュにはさまざまな店が立ち並んでおり、歩きながらゆったりとそれぞれを眺めているとふと目についたのはファンシーな子ども向けの店だった。

一目見ただけでも遠足用の丈夫な靴などは到底置いてなさそうなことくらいははっき

りと分かったが、テディベアや風船やリボン、キャンディなどがそこかしこにあしらわれているコンセプトの店内は春香が飛び跳ねて喜びそうな装いだったために少し寄ってみようかと思い立ち、きっと値段はとても高いのだろうと恐れつつも、パサージュとの境目がない店内にそろりと足を踏み入れれば、即座に奥の方にいる女性店員からの、いらっしゃいませえ、という甲高い声が響き渡った。できる限り話しかけられぬよう、静かにこちらを窺い、隙さえあれば歩み寄って来かねない店員と一定の距離を保ちながら、店の一角にある愛らしい小さな靴が綺麗に並べられた棚の前に立った。

淡いピンクを基調とした靴がサイズ展開少なに並んでおり、一つ一つの靴の側面にはやっぱりリボンの柄やテディベアの柄などがふんだんにあしらわれている。春香のことだから、これを買えばきっと遠足にも履いて行くと言って、汚れるからだめだと言っても聞かず、結局履いて行って汚して帰ってくるのだろうということはたやすく想像できた。ただ、春香の場合はたとえそれで靴が汚れてしまっても泣いたりはしない。だから汚れるって言ったじゃないのと私が言ったとして、それでも履いて行きたかったから良いんだもん、と、あっけらかんとして言うだろう。それが彼女の本心なのかどうかは別として、彼女はいつからか、やや強がるようなことを覚えてしまっている気がしている。お姉ちゃんなんだからなどと言って育ててきたことは決して無いが、自覚的にも無自覚的にも彼女の性格を形成する中で、姉であるというアイデンティティは彼女を逞しくさせているのかもしれないと時々、ふと、思うことがある。

「プレゼント用ですか?」

反射的に声の方を振り向けば、右隣に可愛らしいワンピースに身を包んだ若い店員が立っていた。しまった、と思うも時すでに遅く、これは最近発売されたもので、とか、これは何年も使えるもので、などと、尋ねてもいない商品について彼女はにこやかに滑らかに話し始めた。

「いえ、あの、娘の物で、ちょっと見ていただけなので」

「え? お子さんいらっしゃるんですか? 見えない、お若いですねえ」

「えっ」

咄嗟のことでふいに声が先に出てしまったが、その直後、お世辞、という三文字が岩の形で頭上に現れ私の頭頂部へごつんと降ってきた。それは恥ずかしく痛ましいことではあったが、その衝撃のおかげもあり私はすぐに我に返ることもできたのだった。

「いえ、もう全然、そんな」

店員のお世辞に対するスマートな返答の一つも述べられぬまま、私は頭頂部のあたりで割れた先ほどの岩の欠片《かけら》を払うようにして自分の頭をぺんぺんと叩くことに精一杯になっていた。

「お若いですよ、同い年くらいかと思いましたもん」

「同い年ってそんな、おいくつですか？」

「二十九歳です。正確には二十八で、来週誕生日なんです」

「にじゅ、そんな、あ、お誕生日ですか」

「すみません私事で。気になるものがあったらおっしゃってくださいね。こういう時に横で話しかけられると逆に集中できなかったりしますよね」

そう言うとその店員はにこりと微笑んでくるりと私に背を向け、レジの方へと戻って行った。

＊

自分の二十九歳の誕生日を唐突に思い出してしまった。あの日、私が履こうと思っていたミュールは当時のお気に入りのものだったけれど、今となってはいつ捨ててしまったのかも分からない。誰もが分かるブランドのものでもなかったけれど、当時の私からすれば購入時に意を決する必要があった値段のもので、少し特別な日によく履いていた。

あの靴を履いていた時代の私は、と、記憶を呼び起こそうとしてしまい慌ててやめた。それにそんなことはもう十年も前のことで何もかもが朧《おぼろ》げでよく思い出せず、思い出せたとしてもそれが真実なのかどうかも怪しい。ただ、二十九歳の誕生日のあの日、私はあのミュールを履くことは遂になかったことだけ、よく、覚えてしまっていた。

春香も十年もすれば、いや、もっと早いのかもしれないが、いつかきっとヒールのついた靴を履く日がきて、そしてその靴を履いて好きな人に会いに行ったり、会えなかったり、彼女が気に入ったその一つの靴と共にさまざまな時間を過ごすのだろう。今はまだ私の目の前に並ぶこのような小さな愛らしい布製の靴を見て喜ぶのだろうけれど、十年も経った時、彼女はどんな靴を履いて、どんな人と出会い、どんな人とどのような瞬間を共に過ごすのだろうと、春香がこれから過ごす全ての誕生日が素敵なものでありますようにと、そんなことを、なんとなく、それでいて、確かに、考えていた。

「おかあ、さあん」

はっと振り返れば、店の外のパサージュの脇から春香がこっちに向かって走ってきており、その後ろには夫と貴弘がやっぱり手を繋いで歩いていた。そうして春香は私の方を見つめたまま何ひとつ躊躇《ためら》わず勢いそのままに店の中に入ってきたのだった。

「うわあ、かわいい」

私の元へ駆け寄り、目の前に並ぶ靴を見て案の定春香ははしゃぎ、遠足に履いて行く、と弾んだ声で言った。

「どうしたの？　遠足だったらもうちょっと歩きやすいのにしたら？」

後から入ってきた夫はやや驚いた様子でそう言ったが、目の前で無邪気にはしゃぐ春香の楽しげな姿もあってかその口調は柔らかいものだった。

「うん、ちょっと可愛くて見てただけなの。戻るの早かったんだね」

「行ったんだけど人も多くてよく見えなくて飽きちゃったみたい。お笑いイベントやってたよ」

「そう」

「なんか最近テレビで見かける人たちもいたよ、全然知らない人もいたけど」

「面白かった？」

「うん、まあ」

「ねえ、これがいい。これにする」

春香が両手で摑んだのは、バレエシューズのような形のもので、白色に似ているけれど光のあたり具合によってベビーピンクにも見える光沢があった。その表面の所々には細かなハートの形があしらわれており、柔らかげな生地のその靴は決して長い時間歩いて過ごすことができるようなものではなかった。

「あっちの売り場にスニーカーあるから行こう、それで歩けないでしょ」

「大丈夫、歩ける。これにする」

「春香、お母さんの言うこと聞きな。あっち行くよ」

夫が割り込んでそう告げると、春香はいやだあと言って、また身体を左右に振った。まだ幼いのに、なのか、幼いから、なのか、子どもは自分の判断を疑うことを知らない。すると唐突に、できるだけ、何にも惑わされず、そのままでいてほしいと、なぜだか強くそう思った。今のまま、自分が良いと思ったことを信じることをやめずに、そうして、すきな靴を履いて出かけて、色々な人と出会い、たとえそれが悲しくてつらい気持ちを与えるものだったとしても、きっとそれがいつかあなたを支えるものになるのだろうと、きらきらとした無垢な表情でこの小さな靴を見つめる彼女に、なぜだか、急にそう思わされたのだった。

「ねえ」

「うん？　どうした？」

私が話しかけると、夫は振り向き少しほほえみながら尋ねた。

「イベントに出てた人たち、楽しそうだった？」

「出てた人たち？　見てた人たちじゃなくて？」

「うん」

「うーん、うん、まあ、騒がしいところでやらなきゃいけないから大変そうではあったけど。ほら、なんかオンドリャって叫ぶ芸人の人いるじゃん、ヨリドリに出てる、なんとか舟木。あの人の時はすごいみんな集まってきてた。楽しそうだったんじゃない？　なんで？」

「え？」

「そっか。ねえ春香、これも買ってあげるけど、遠足用のはスニーカー買おう」

夫が反射的に私の方を振り返り、唐突な私の提案に怪訝な表情を見せた。

「春香、それで良いのね」

「やったあ、うん、これ」

「どうしたの？　ちょっと高いんじゃない？」

「ううん。いいの。たまには」

私がそう言うと、夫は少ししてから、そうだね、たまには、と、笑った。その穏やかな表情に、訳もなく泣きそうになってしまう。それから、ありがとう、と言った時にはもう胸がいっぱいになっていて、思わず夫のダウンジャケットの裾を摑んだ。

「ねえ、今日すき焼きしようか」

「えっ、やった。俺は嬉しいけど、良いの？」

「あと貴弘の好きなぶどうも買って帰ろう」

「あはは、お母さん爆買いモードだ。良かったな貴弘」

夫が貴弘の頭を摑むようにして撫でると、貴弘は表情を変えぬまま頷き、きっともうこの店にいることに飽きているのだろうとすぐに分かった。

「じゃあレジ行ってくるから、待ってて」

靴を握りしめた春香と共にレジへ向かい、人のいないそこで呼び鈴を押せば、はあい、というやはり甲高い声が響き渡り先ほどの店員がいそいそと奥からやってくる。彼女は春香をひと目見て、あらあ可愛いと微笑み、お預かりしますねと言ってレジ台に手を伸ばす春香から靴を受け取った。それから煌《きら》びやかな爪先を動かしながら慣れた手つきで梱包を始める彼女を見つめ、来週のあなたの誕生日が素敵なものになりますようにと、伝える勇気は出ないまま心の中で何度も何度も祈っていた。

「問題なかったように思いますと」

「澤部《さわべ》さん、ちょっと痩せた?」

就業中、デスクでパソコンに向かって仕事をしている最中に背後からふとそう話しかけてきたのは矢倉さんだった。矢倉さんはいつも皺《しわ》の取れていないシャツを堂々と着ているのに、薄い生え際を隠すことには躍起なようで、今日も後頭部から無理やりに額の方へと髪を持ってきていて、相も変わらず奇妙な髪型だった。

「いやあ、痩せましたかね?」

「痩せたよ。なんか綺麗になったもん、彼氏できた?」

「いえ、できてないですよ」

「矢倉さん、もうそういうのセクハラになるんですって」

斜め向かいのデスクの高橋さんが冗談交じりにそう言って話に入ってくる。矢倉さんに対する嫌みかのように、高橋さんはいつどんな時でもシャツに皺が入っていることはない。きっと奥さんが几帳面なのだろうと思わせられ、今日も薄い青と白のストライプシャツに紺のネクタイをかっちりと着こなしていた。

「ほら、澤部さんも困ってるでしょう。もう女性がどうとか言っちゃダメなんですよ」

「女性がどうとかって言ってるわけじゃないよ。綺麗になったねって言うのもダメなの？」

「とにかくダメなんですよ」

「ええ、生きづらいねえ」

そう言って矢倉さんが大げさに顔をしかめ、高橋さんは、いつ人事に駆け込まれるか分かんないですよ、と笑って、矢倉さんは、ええ、澤部さんも人事に駆け込んじゃうの、勘弁してよお、と、やっぱり笑っていた。

「いえ、私は大丈夫ですよ」

「ほらあ、澤部さんは大丈夫だよ。高橋くん脅さないでよ」

「澤部さんは、分かってる女子だから助かっただけですよ」

そう言ってから高橋さんがにっこりと微笑《ほほえ》んで私を見るので、私も微笑みを見せてから視線の先をパソコンの液晶画面へと戻した。

＊

凛子《りんこ》さんが本社から出向勤務でやってきたのは二年ほど前のことだった。

胸下あたりまである長く艶やかでまっすぐな黒髪をさらさらと揺らしながら、麻素材の変則的なアイボリーのパンツスーツを纏《まと》い、部長に引き連れられるようにして彼女がオフィスに現れたのは、うだるような暑さが終わろうとしていた季節の頃だった。

「今日からお世話になります、沢辺凛子です」と彼女が自己紹介した際、すぐに矢倉さんが「あれ、サワベさんっていうんだ、もう澤部さんはいるからちょっとややこしいねえ」と軽口を叩《たた》いて私の方をちらりと見た。部長のデスクの前に集められた社員らは矢倉さんのいつもの様子に一瞬にして何らかの笑みを浮かべ、同じようにそれを浮かべた私をよそに凛子さんは「では私のことは凛子と呼んでください。よろしくお願いします」と、はなからこうなることを想定していたかのように淡々と言葉を紡いでいた。その、愛想笑いのひとつも浮かべぬままの佇《たたず》まいが、とても印象的だった。

凛子さんは勤め始めてからすぐに、既存の資料作成のフォーマットなどに関して新しい提案をよく繰り出した。それは理に適《かな》うものばかりで、古い社員は感心し若い社員は少なからず尊敬もしていたけれど、既存のものの方が要領を得ていると声高に話す長く勤務している社員たちによって、なし崩し的に不採用となっていた。感心はすれど採用には決してならないところが、この組織らしいと思った日は幾度もあった。

凛子さんは就業中に矢倉さんや高橋さんに世間話を振られても「それは業務に関係のあることですか」と無愛想に言い放ち、さっさと会話を終わらせることがよくあった。そのたびに矢倉さんは後から私の方へ駆け寄ってきて「リンコさん怖いんだけどさあ」と大げさに口を歪《ゆが》めるので、彼女少し堅いですからね、と、しばしば私も笑って返していた。

社会で生きるということ、その上で自分を楽にさせてくれるものとは諦めることであると、悲観的な意味合いではなく現実的に、いつからかそう心得ることができていた私にとって、凛子さんの芯を剝《む》き出しにするような部分は解《げ》せないものがあった。恋人の有無を聞かれても、ある女性社員の容姿を嘲るような冗談めいた会話を振られても、たとえ自分自身にその矢が向いてきたとしても、その場を凌いで笑顔で対応していれば決して波風が立つことはない。そのくらいのことならやればいいのに、なぜ頑としてやらないのか、何の意地なのだろうか、もっとしなやかに生きればいいのにと、何度も彼女に対して、そう思っていた。

笑いたくないようなジョークにも適当に笑い、苦痛だと感じる質問にも態度に出さず愛嬌で逃げる、傷つくようなことを言われても傷ついていないふりをしていれば彼らにとっての「やりやすい」を創造することができ、それこそがこの社会で生きる「術《すべ》」なのだと理解して、諦めて、迎合していくことは、単純に自分自身が楽に生きていくための知恵であり、要領だった。

＊

「凛子さん、ちょっとムキになりすぎだよね」

桜の見頃がニュースで取り上げられるようになったというのに、まだ肌寒い日が続いていたころ、昼休憩時に先輩の柏木さんが食堂でセミロングの髪を一つに結わえて、カレーを口に運びながらそう言った。

「ムキに、ですか?」

「男と張り合おうって感じがしてしんどくなる時ない? 私ああいうの疲れちゃう。みんなも気いつかってる感じだし」

「ああ、そうですかね」

「てきとうに笑って流しとけばいいのに、矢倉さんのシャレとかにもいちいちムキになってる感じもするしさ。スルースキルがない感じっていうか。こないだも矢倉さんに目くじら立ててたよ」

「まあ、矢倉さんも余計なこと言い過ぎですもんね」

「でもさあ、まあ普通のことだよ。凜子さんが溝口さんにちょっとキツめに言ったんだよね。そしたら矢倉さんが『やっぱ女同士って怖いねえ』って言ったの。別にみんな笑ってたんだよ。だけど凜子さんだけ真顔で『それって立派な女性蔑視ですよ』って言って空気ヤバかったもん。みんな笑ってんだからいいじゃんそんくらいって感じじゃない？『蔑視』とかそんな言葉って初めて実生活で聞いたわ。あ、凜子さんのインスタ知ってる？」

「いえ、知らないです」

「なんかさ、フエミっぽくて」

「フエミ？」

「ほら、あの、ツイフエミとか、フエミニストとかそういうのいるじゃん。そんな感じのことちょっと発信してる。なんか怖くない？　これ、高橋さんが見つけたんだけどさ、ヤバいかも。ちょっとややこしそうだよね」

柏木さんはそう言って少し笑いながら凛子さんのアカウントページを眺めていた。フェミニスト、と聞いた私は不思議と合点がいった。彼女の堅物でコミュニケーションにおいて融通の利かなそうな点はまさに想像する「フェミニスト」そのものなのだろうと妙に納得した。

その日の帰り、駅構内にある書店に立ち寄ってフェミニズムというものについて書かれてある本を二冊購入した。今となっては、なぜその時そんな行動をとったのか分からないままでいる。

*

凛子さんが会社から姿を消したのはそれから半年後だった。私たちの知らぬところで凛子さんは人事部に異動願いを出していたのだという。噂によればセクシズムと呼ばれる「性差別」が蔓延している部署だと報告していたようで、私たち社員は個別に聞き取り調査の面談を受けることになった。人事部の社員に尋ねられたのは部署内でのハラスメントの有無、そしてそれを認識していたかどうかということがおおよその内容だった。

「澤部さん、ここで聞いた話は内密にするから聞かせて頂けますか」

だだっ広い会議室の向かいに座る人事部の男性社員がそう言い、横にいる女性社員は黙々とパソコンに向かって何かを打ち込んでいた。

「いいえ、私は部署内でのハラスメントを感じたことは特にありません」

癖づいたように笑みを浮かべて言えば、男性社員は納得いかない様子で顔を歪めた。内密になんてされるわけがないことくらい、ここで話したことはすぐにどこかに漏れ伝わることくらい、そうすればこの組織で居心地が悪くなってしまうことくらい、簡単に分かる程度には私も社歴を重ねていた。

「あ、澤部さんどうだった」

面談を終えて部署へ戻ると、高橋さんが楽しげにそう尋ねてきた。

「どうも何も、すぐ終わりました」

「そっか、何聞かれたの」

「部署内の様子のこととかですかね」

「なんて言った？」

「問題なかったように思いますと」

「あ、やっぱそうだよね。俺もそうなんだよね。ちょっとめんどくさいよね。こういうのって一人が騒ぎ出すと巻き込まれるんだよね。厄介だなあ」

高橋さんはそう言って笑って、話を聞いていた矢倉さんも後ろの席で笑い声をあげ、私も、同じようにして、声をあげて笑った。

＊

「最近の若い社員ってすごいですよね」

居酒屋の座敷席で少し酔いのまわった柏木さんがやはり髪を一つに結わえ、白菜の浅漬けをつつきながらそう言った。

「うわあ、でたよ柏木さん。若手社員に物申す御局様《おつぼね》！」

柏木さんの横で鍋の雑炊の仕上がりを確認していた高橋さんは、そう言ってすかさず茶々を入れる。

「もう高橋さんやめてくださいよ、そんなんじゃなくて。飲み会とか全然来ないじゃないですか」

「飲み会に来いっていうのも、もはやハラスメントらしいですよ～」

高橋さんは茶化したようにそう言って、柏木さんは少しむっとした表情になった。

「なんでもかんでもハラスメントって、組織で生きていくためには多少我慢も必要でしょう？　無理したくないとか、ありのままで生きていきたいとか、ぬるいんですよ。我慢しろっつの」

「うわぁ、御局様はやっぱ怖いねえ」

高橋さんの横に座っていた矢倉さんが調子よく合いの手を入れ、数人が少し笑った。

「いや、だから今日来てる若い子たちは見どころあると思うんですよ。佐伯さんとか立川さんとか、やっぱあなたたちは仕事も熱心にやってるし」

そう言われた若い社員二人は、瞬時に笑い、何かを言いながら頭を下げた。

「まあまあ、もういいじゃない。女の人ってめんどくさいね」

矢倉さんが大げさに変な顔を作ってそう言って、その場にいた社員がまばらに笑い、矢倉さんは続けた。

「てか女の人ってすぐバチバチするよね。すぐ揉《も》めるっていうかさ。男はあんまりそういうのないもん。DNA的にそうなってんのかな?」

「あ、矢倉さんそういうのヤバいっすよ。フェミにキレられますよ」

すぐに高橋さんがそう言うと、またみんなが笑う。矢倉さんは「ヤバいよ、フェミが一番厄介だからな～やめよやめよ」と笑って、鍋の雑炊を覗《のぞ》き込み、おっ美味《うま》そう、と言った。

凛子さんは一度も飲み会に来たことがなかった。

でも風の噂でお酒は好きなのだと聞いたことがあった。佐伯さんが一度、恵比寿《えびす》の高級なレストランから凛子さんと恋人らしき男性が出てくる場面を見たと言っていた。業務に関係がないと言われそうで怖かったけれど、有休をとって沖縄旅行に行った際のお土産のサーターアンダギーを凛子さんに渡すとお礼を言われ「リフレッシュできましたか？」と笑いかけてくれたことがあった。凛子さんが矢倉さんに対応するみたいに自分も言ってみたらどうなるかと想像してみることも何度かあった。凛子さんにとって快適ではなかった環境の一端を自分も担っていたのだろうと、凛子さんがいなくなってからしばらくして、いつからか考えるようになっていた。

「そういえば、今だから言いますけど」

そう言って深刻げに柏木さんが切り出した。

「凛子さんっていたじゃないですか。トイレで泣いてるの見たことあるんですよね」

ええ、凛子さんが、と、高橋さんと矢倉さんは一斉に身を乗り出した。

「半年くらい前かなあ、だから、辞めちゃう直前？」

「ええ、凛子さんも職場で泣いたりするんだ。俺会社で泣いたことないなあ」

「えっ、高橋くんないの？　俺一回だけあるよ。前の職場でとんでもないミスした時」

「矢倉さんって意外と女子なとこありますもんね。ていうか凛子さんも普通の女の子なんですよね結局。お菓子渡すと嬉しそうだったもん」

「そうそう、そういうとこいっぱい見せてくれれば私たちも取っ付きやすかったのに」

柏木さんが笑ってそう言うと、社員たちもまたまばらに笑った。さっきから全く減っていない手元にある二杯目のウーロンハイを眺めていると、そのうち卓上はぐるぐると渦巻き、柏木さんも高橋さんも矢倉さんも他の社員もみんながぐるぐるとマーブル状に渦巻いていき、あらゆる笑い声もその中に吸い込まれていく。雑炊仕上がったよと言う誰かの声と共に、自分自身の右腕もその渦の中に指先から吸い込まれていくのが肌で強く分かった。

「凛子さんを『普通の女の子』にして安心したいだけですよね」

自分の口から出た言葉も、渦巻きの中にぐるぐると入り込んでいく。回り続けるその渦の中に垣間見える知った顔の人たちの驚いたような戸惑ったような表情が目につくけれど、すぐにぐるぐると吸い込まれて回っていって止めようがなかった。

「怖いんでしょう。既存の女性像にいない人が。凛子さんみたいに、迎合してこない存在が。そりゃ楽ですよ。あんたたちの前でばかなふりして、知ってることも知らないふりすれば、安心してもらえるんですから。でもいつまで私とか、私たち、そんなことしなくちゃなんないんですか。女性についてとやかく言うと最近うるさいからって高橋さん、俺は社会のことや女性のこと分かってるっていうポーズだけ見せるけど、そんな表面的なことで敬遠して腫れ物にさわるみたいにして、結局あんたたちにとってめんどくさいもんをそういう排除の仕方してるだけじゃないですか。笑いたくもない冗談に傷ついてないふりして笑って許容するのが『分かってる女』になって、そうじゃない存在を鼻つまみものに仕立てあげることで居心地良くなるのって結局あんたらだけじゃないですか。私も本とか読んでみるまではただの面倒くさい存在だと思ってましたよ、堅物で融通が利かなくて言いがかりとか文句ばっかり言ってる女って思ってました。でもそういうことじゃなかったんです。柏木さん、何も理解していないのは私たち女も一緒だったんです。私たち女性の中にも、諦めからくる押し付けを同性にしてしまってたんです。あの、矢倉さん、ちょっとした発言に垣間見えてるんです、私たちを見くびって、見くびり続けていたいっていうのが。きっとそんなの被害妄想だって、そう指摘して、笑い者にするだけですよね。あんたらに鬱陶しいって、面倒臭いって、そう思われるのが怖いから、「分かってる」って思われたいから、いつまでもいつまでも言えなくて、変われなくて。でも、ただ、普通に、女性であるっていうだけで、やらなきゃいけないことが多すぎて、どうにかしたくて、そんなのに、加担したくないだけなんです。恥ずかしいのは、凛子さんの方なんでしょうか。厄介で、面倒で、はみ出ているのは、本当に、凛子さん、彼女の方なんでしょうか」

言いきった後で肩で息をしていれば渦巻きは勢いを増していった。自分の口から放たれた言葉も、目の前にいる人たちの表情も、全てをのみ込んでぐるぐると回って、回り続けている。

「澤部さん？　どしたの？　雑炊いらない？」

目の前の柏木さんがそう言って私に雑炊の入ったお椀を渡してくれる。

「ぞうすい」

「酔っちゃった？　気分悪い？」

「あ、いえ。はい、雑炊。いただきます」

「澤部さんってさ、本当にそつがなくていいよね。みんな澤部さんみたいな社員だったらいいのにね」

そして矢倉さんの乾いた笑い声が放たれ、高橋さんも続いて笑った。柏木さんは「澤部さんが優しいからそうやって甘えちゃって」と矢倉さんに嫌みを言いながらも笑って、私は、お椀を握りながら、やっぱり、笑っていた。

「黒じゃなくて青なんだね」

香水が割れた。

もちろん勝手に破裂したわけでもなく、私が手を滑らせて観葉植物の陶器鉢に運悪くぶつけてしまったせいだった。30mlのものとはいえ、落として割って飛び散ったおかげで寝室はやけに上品なマグノリアの香りに支配されてしまい、まあ唐辛子の瓶をぶちまけなくて良かったと強がるように思い直して納得しようとしてみたけれど、眠ろうとするたびに否が応でも記憶が蘇ってくるのだから、いっそ唐辛子の方が良かったのかもしれないと肩を落としてしまった。

ようやく思い出す日も少なくなってきたというのに、時間を置いて久しぶりに浴びるその香りは、記憶や経験を雑に詰め込んだ押入れを乱暴に開け、雪崩《なだれ》のようにして私を襲ってくる。ブルガリのスプレンディダは、遥希《はるき》が好きだと言った香りだった。

＊

三年ほど前、遥希と最初に出会ったのは、今どき珍しくしっかりと「コンパ」と銘打たれた金曜夜の飲み会だった。銀座の店だと聞いていたのに辿り着いてみればほぼ新橋だったカジュアルなフレンチバルの軒先に到着すると、店内の奥の席から職場の先輩が私を見つけ片手を挙げた。独特の緊張を久しぶりに味わいながら席へと向かえば、スーツ姿の男性が四人いて、いつもより丁寧に髪を巻いている職場の三人の女性の先輩たちが既にそれぞれのドリンクを持っていた。遅れてすいません、と言いながら着席した私の向かいに座り、スーツのジャケットを脱いでシャツの袖を捲《まく》りオレンジのドリンクを飲んでいたのが遥希だった。

「小平さんの職場の後輩で、青木瞳といいます」

「あ。黒じゃなくて青なんだね」

そう言って遥希は笑った。それはもう、ほとんど一目惚れのようなものだった。

その日の夜にグループラインが作成され、私は時間を置くことなく遥希に個人ラインを送って、次の金曜日の夜にはもう二人きりでしゃぶしゃぶを食べ、日付を跨いで土曜日になる頃には二軒目の店でワインを飲んでいた。

やっぱりシャツの袖を捲った先から伸びる遥希の細くもなく太くもない腕にどきどきして、清潔感のある短髪から覗《のぞ》く高い鼻に見とれて、私が話す時にしっかりと私の目を見つめるその眼差《まなざ》しに緊張して、笑う時に手で前髪をくしゃっとする仕草に動揺して、この後どうする、と、余裕ありげに微笑《ほほえ》む彼の表情を見た時にはもう、何もかもが手遅れなことくらい分かっていた。

チェックアウトを済ませて外に出れば穏やかな土曜日の午前中の光景が広がっていて、ちょっとあったかくなってきたねと言った私に、コーヒーでも飲んで帰ろっか、と遥希が言うので、私は思わず嬉しさを隠せぬまま、フリッパーズ行きたあい、とはしゃいだ。遥希はふふっと笑って、そのまま私の手を握った。その瞬間、歯車が回り出す合図を知らせるような音がカチッと鳴って、私の日常は遥希を中心に回り出してしまった。

それから私は遥希が好きだと言ったバンドの曲ばかりを聴くようになり、一緒にテレビを見ていた時に遥希が可愛いと漏らした女性タレントたちの画像をいくつも検索しては保存し、髪型や化粧をまねるようになった。遥希から連絡がくればすぐに遥希がいる所まで会いに行き、遥希が「店ここでいい？」と尋ねてくれれば、私のためにお店を選んでくれたことが嬉しくていつも首を縦に振った。コーヒーのブラックが飲めない遥希のために牛乳を常備しておくように努めていたし、時折、家に来た遥希が「あ、牛乳ないのか」とこぼせばすぐにコンビニまで買いに行った。遥希が来る日は遥希が好きな料理をいつも振る舞い、遥希が欲しがっていたスニーカーを買うために表参道のお店に何時間も並ぶことなんて全く苦ではなかった。

一度、遥希と会う時、私が気に入っているコットン地の白いワンピースを着て行くと「なんかハイジみたい、瞳ってそういうの好きだよね」と遥希が困ったように笑ったことがあった。それからというもの、これまで愛用していた洋服をクローゼットの奥にしまい込み、遥希が可愛いと漏らしていたあの女性タレントたちが着ていそうな服、お姉さんらしくて、少し派手なものをいくつか買ってみれば、遥希は嬉しそうに「瞳、今日、可愛い」と笑ってくれた。

いつからか服やカバンや化粧品を買うにも、常に遥希が好きそうかどうかだけが全ての判断基準になっていき、あまり興味のなかったネイルサロンにもせっせと通うようになった。しかし、私が遥希のための選択を重ねていくことと相反するようにして、次第に遥希とは予定を立てて会うようなことはなくなっていき、金曜の夜の予定を聞いても返信さえこなくなることも増えていった。それでも突然電話がかかってくれば、それがたとえ水曜の深夜だとしても、私は遥希の家まで飛んで行っていた。

遥希が「ここで良い?」と言う店やホテルが、少しずつ安くて粗末なものになってきていることにも気付いていていたけれど、それでもやっぱりいつも首を縦に振ったし、そんなことは平気だった。遥希が私の長い髪を触って「ボブとかも似合いそうだよね」とこぼしたその週末には髪を切り、ボブヘアになった私を撮った写真を遥希に送ると、やけにはつらつとしているコアラがグーサインをしているだけのスタンプのみがひとつ、飛んできた。

＊

「なにこれ、髪? 首? めっちゃいい匂い」

遥希と出会ってから初めての三月を過ごしていたある祝日の夜、職場の先輩の送別会の途中で遥希から電話がかかってきた私は、颯爽と場をすり抜けて遥希の家に到着していた。チャイムを鳴らせばすぐに玄関のドアが開き、少し酔っていた遥希は、短くなった髪から露《あらわ》になっている私の首元にそのまま顔を寄せて鼻を近づけて不思議そうにそう言った。

「え、本当?」

「うん、めっちゃ良い匂いだなあ」

「私ね、遥希が好きそうかなって思って。前に遥希が褒めてくれたヘアミストがフローラ――」

「この香水ってどこのなの？」

「あ、ブルガリ」

「へえ、いいじゃん。俺ハイブランド持ってる子、好きだよ」

「そうなの？　ハイブランドって他にたとえば――」

「お腹すいた」

「え、なんか食べたいものある？　私ね、会社の先輩の送別会でもつ鍋食べてたの」

「んー、なんか、ラーメンとか」

うん分かった、と、笑う私の腰に戯れるように腕を絡ませ、遥希はふふ、と笑ってドアを閉めた。それから、もしかして遥希が好きかもしれないという理由で何となく買ったこの香水は、私の最高のお気に入りになった。遥希が褒めてくれた香水、遥希が好きな香り、遥希が好きな女性。遥希と会う時はもちろんのこと、いつ会いに行ってもいいように小さなボトルに詰め替えて持ち歩くことも忘れなかった。つけていくたびに、玄関で、キッチンで、リビングで、ベッドの中で、遥希はしきりに「瞳の匂いだ、これ、めっちゃいい」と幸せそうに言ってくれたけれど、私からすれば、これは私の香りではなくて、遥希の香りだった。遥希のためにある、遥希のためだけに存在する、遥希の香水だった。

遥希と会う回数は目に見えて減ってはいたけれど、その香りを身に纏《まと》いながら遥希と三つほどの季節を過ごした頃、遥希からの連絡はとうとうほぼなくなって、電話がかかってくることはおろか、電話をかけても出てくれることはなくなり、メッセージに既読がつくことさえなくなっていた。しかし不思議なことに、私は、ああ、そうか、と、どこか冷静に遥希の不在を受け入れることができていた。

遥希が本来は私のような性格やルックスの女性が好きではないことなどとっくに気付いていたし、遥希に合わせて行動する自分がどんどん惨《みじ》めな姿になっていることにも、遥希に舐《な》められてしまっていることにも、本当はとっくに気付いていた。それでも好かれたくて、好かれていると思いたくて、そうやって必死になればなるほど遥希が私から離れていくことさえきちんと実感しながらも、それでもいつか遥希が心から私を愛してくれる瞬間があるのではないかと期待することをやめられなかった。

いつか遥希がいなくなる日というのはくるのだろうと、それだけはぼんやりと、でも確かに予感できていて、あとのことは、あんな香水は、延命措置をしていたようなものだった。それらを分かっていたからなのか、それとも大人になって図太くなったからなのか、初恋の時の失恋のように泣き喚《わめ》くこともなく、女友達に朝まで話を聞いてもらうこともなく、遥希が消えた日常を、ただ淡々と受け入れるようにして諦めたまま、でもまた何かの拍子に電話がかかってくるかもしれないと、ふとした瞬間に遥希のことを思い出しては小さく期待してしまいながら、彼がいなくなった季節をひとつ通り過ぎようとしていた。

＊

「どんな香りをお探しですか?」

せっかくだからと、まだマグノリアの香りが控えめに残る寝室を後にして日曜の昼に新しい香水を買いに伊勢丹に向かった。コスメコーナーを抜けた奥にあるフレグランスコーナーには煌《きら》びやかで華やかな香水たちが棚に丁寧に陳列されており、それらを眺めながらのろのろと歩いていると、シックな装いの店員に声をかけられた。

「どんな、あ、マグノリアとか」

「ああ、いいですよねえ。結構マグノリアの香りが強いものだとこちらとか」

「あ、いや、やっぱり」

「はい」

「あ、いややっぱりマグノリアじゃなくて、ちょっと、あの」

「はい」

「あ」

そうして、ようやく、気がついてしまった。私は一体どんな香りが好きだったのか、そもそも好きな香りなんてものがちゃんとあったのかどうかさえ、もうよく分からなくなっていた。


遥希のために切ったり染めたりしていた髪型のまま、遥希のために買った服を着て、遥希が褒めてくれたカバンを今日も持っている私には、遥希がいなくなった今、遥希ばかりで埋めていた自分の身体は、風さえ通り抜けそうなほどに空虚なものになっているらしかった。自分のための選択ではなく、遥希のための選択を繰り返すたびに、遥希が笑ってくれ、遥希が嬉しそうにしてくれ、それこそが私の喜びだったはずなのに、自分自身の選択や言動への自信は失っていくばかりで、それでも遥希が側にいてくれればそんなことはどうでもよかったのに、遥希が消えてしまった今では、自分が何のために誰のために何をして存在しているのかさえおぼつかなくなっている。

華やかな香水が並ぶ棚の前でようやく実感したその喪失感の正体が、遥希を失ったことなのか、それとも私が自分自身の輪郭を失ってしまったことなのかは分からないけれど、この二年間は何だったのか、私は一体、何をしていたのだろうかとようやく自問してみれば、くだらなくて笑えて、それから少しして、じわりと滲《にじ》むように泣きそうになってしまいいけなかった。私は遥希が好きだったけれど、遥希が側に置いていた私という人間はいったい誰だったのだろうか。私が私の何かを遥希のために変えたり取り繕ったりしなくとも、という思いが、後から後からこぼれてくる。でも私というものと引き換えに遥希のそばにいることを選んできたのもまた、私でしかなかった。

トップノートは甘くフレッシュで絢爛《けんらん》とした花が集まったフローラルな香りがするのに、ラストノートにはサンダルウッドの効いたムスクが漂うあの香水をつけていた私は、幸せだったのだろうか。きっと、とても、幸せだった。幸せだった、そのはずなのに、どうして幸せだったのかどうかを、こんなにも自分に問い質《ただ》したくなってしまうのだろうか。

目の前の棚に陳列された、この数多くの華美なボトルの中から、私が心から好きだと思えるものをひとつ買おう、たとえそれを誰かにいいと言われても、良くないと言われたとしても、私が好きなのだから、と、自信を持ってつけ続けられるものを、ひとつ、そして、それをきちんと身に纏い続けられる私の人生を、ひとつ、手に入れたいと、店員が困ったように控えめに渡してきたティッシュを受け取れぬまま、棚のライトに照らされて色とりどりに輝く美しい香水たちを祈るようにして見つめていた。

# あとがき

「恋愛のお話を書いてみてほしくて」と当時の朝日新聞ＷＥＢマガジンの編集さんに言われ、軽い気持ちでわかりましたと答えて連載が始まったのがもう四年も前のことである。

とはいえ自分に恋愛というジャンルの引き出しめいたものなどさしてない。さして、と、見栄を張ってしまったことを謝らなければならない。ほとんどない。ほとんど、と、まだ見栄を張っていることを恥ずかしく思う。まるきり、ないのである。

ゆえに、なのか、されど、なのか知らないが、何度読み返してみても私が綴っていることは他愛のないことばかりである。本当に他愛もない。そのくせ時々ろくでもない。それでも連載当時から多くの反響を頂き、連載が掲載される毎に頂くさまざまな反応に縋《すが》ってこの一冊の本の爆誕までこぎつけることができたことに対して、全方位にすごく感謝をしたい思いである。

自分で勝手に作り上げた登場人物たちであり、勝手に作り上げた台詞であるにもかかわらず、ひとつひとつしたためながら何度も何度も、もうお前らうるさいねん、と思わせられた。何しとんねん、しゃんとせいよ、と思いながら書いていた。共感しました、と言ってくれる人たちには必ず、おい何を言うとんじゃ、幸せになってくれよと言っていた。

題名は「しゃんとせいよ」にしたかったのだが、あまりにもあんまりであるからして担当の編集の二人によって華麗に阻止された。続いて「お前は黙れ、ほんでお前は喋れ」にしようとしたが、こちらもあまりにもトリオ漫才師のツッコミ台詞のようであるからして華麗に阻止された。最終的に本書の題は「黙って喋って」という、前述の二つに比べて随分まろやかで雰囲気のよいものになった。それらを阻止してくれた編集のお二人、最後までいろんな原稿の仕上がりに付き合い寄り添い続けてくれたあの二人にも感謝を伝えたい（途中でそのうちの一人が雑誌「ニュートン」の編集に異動となり、打ち合わせのたびになぜか「ニュートン」を差し入れ続けてくれたが、それに関しては特に感謝などはしていない)。

さらに帯を書いてくれた偉大なる二名の物書き人にも莫大な感謝を記しておきたい。私はあなたたちのように読んだ人間に灯火《ともしび》を与えられるようなものは何ひとつ紡ぎ出すことはできやしませんけれど、むしろ灯火を消すような憎たらしい台詞を書くことが得意ですけれども、やさしい言葉でこの本を包んでくれて本当に感謝しております。

そして、ここまで読んでくれているあなたにとって、私がちまちまと書き連ねたこの愚鈍な人々による愚鈍な言動を繰り返す愚鈍物語はどういう存在になるのかは知る由もないのだが、あなたの人生の何かの拍子に、ああ自分もいつか読んだあの本の登場人物のように愚鈍だ、と、ふと笑ってくれる瞬間が生まれたならばそれはもう最高の出来事である。ささやかであったりささやかでなかったりするが、登場人物たちの思想や言動には客観的に見ると初めて浮かび上がる間違いのようなものを抱えさせ、だからこそ、彼らは鬱陶しく、しゃらくさく、生半可で、気持ち悪く思われるだろうが、そういう瞬間も、決して美しくはないがきちんと輝いているように考えたかった。他愛のない物語たちであったが最後まで読んでくれたことに、感謝と共に労いの意を表明したい。あとがきにしては言い訳めいたことを喋りすぎなのだろうか、黙っていられなくてひたすらに無粋である。

本書はWebサイト「かがみよかがみ」での連載「ヒコロジカルステーション」（二〇二〇年九月～二三年三月）を大幅に加筆修正の上、再構成しました。

「ばかだねえ」「普通に生きてきて優と出会ったんだもん」「紙ストローって誰のために存在してんの」「春香、それで良いのね」は書き下ろしです。

ヒコロヒー

一九八九年、愛媛県生まれ。ピン芸人。著書にエッセイ集『きれはし』がある。本書は初の小説集となる。

# 黙《だま》って喋《しゃべ》って


2024年1月30日　第1刷発行
2024年6月20日　第2刷発行

著　者　ヒコロヒー
発行者　宇都宮健太朗
発行所　朝日新聞出版
〒一〇四-八〇一一　東京都中央区築地五-三-二
電話　〇三-五五四一-八八三二（編集）
〇三-五五四〇-七七九三（販売）

印刷製本　株式会社　加藤文明社




ISBN978-4-02-251957-3
定価はカバーに表示してあります。